NAME: Justus Jonas
FUNKTION: Erster Detektiv
FRAGEZEICHENFARBE: weiß
BESONDERE MERKMALE: das Superhirn der drei ???; Meister der Analyse und Wortakrobatik; erstaunlich schneller Schwimmer; zu Hause auf dem Schrottplatz von Tante Mathilda und Onkel Titus; zupft beim Nachdenken an seiner Unterlippe
IST FAN VON: Tante Mathildas Kirschkuchen und Denksport aller Art

NAME: Peter Shaw
FUNKTION: Zweiter Detektiv
FRAGEZEICHENFARBE: blau
BESONDERE MERKMALE: für körperliche Herausforderungen immer zu haben, dafür kein Ass in der Schule; großer Tierfreund; Spezialist für Schlösser aller Art, die seinem Dietrichset einfach nicht standhalten können; neigt zu Vorsicht und Aberglauben
IST FAN VON: schnellen Autos (insbesondere seinem MG), der südkalifornischen Sonne, so ziemlich jeder Sportart

Die drei ???®

Die drei ???®
und der schwarze Tag

6 Kurzgeschichten

Kosmos

Umschlagillustration von Silvia Christoph, Berlin
Umschlaggestaltung von eStudio Calamar, Girona, auf der Grundlage der Gestaltung von Aiga Rasch (9.Juli 1941–24.Dezember 2009)

FSC
www.fsc.org
MIX
Papier aus verantwortungsvollen Quellen
FSC® C014496

Gedruckt auf chlorfrei gebleichtem Papier

ISBN 978-3-440-14226-4
Redaktion: Anja Herre, Annemarie Chiappetta
Lektorat: Nina Schiefelbein
Produktion, Layout und Satz: DOPPELPUNKT, Stuttgart
Druck und Bindung: GGP Media GmbH, Pößneck
Printed in Germany/Imprimé en Allemagne

Lieber Leser,

wenn du an die drei ??? denkst und sie mit einer einzigen Farbe in Verbindung bringen müsstest, welche würdest du wählen? Richtig, Schwarz! (Fast) immer schon präsentieren sich die Bücher unserer drei Lieblingsdetektive in mysteriösem Schwarz.
Aber Geschichten rund um diese Farbe? Was soll das denn? Nun, zu viel möchte ich nicht verraten, da kannst du warten und betteln, bis du schwarz wirst. Aber eins ist sicher: Das ein oder andere schwarze Schaf werden Justus, Peter und Bob auf den nächsten 144 Seiten entlarven. Das gebe ich dir schwarz auf weiß. Und wenn sich die Bösewichte am Ende eines Falls schwarzärgern, weil Justus mal wieder direkt ins Schwarze trifft, während alle anderen immer noch im Dunkeln tappen oder der falschen Person den Schwarzen Peter zuschieben, spätestens dann wirst du zustimmend nicken und sagen: Für die Zukunft des Verbrechens in Rocky Beach sehe ich schwarz.
So, und nun lehn dich zurück, mach es dir gemütlich, denn es geht los. Getreu dem Motto: Reden ist Silber, Schweigen … äh, ich meine natürlich, Lesen ist … schwarz!

Viel Spaß!

Die drei ???®

und der schwarze Tag

Ein schwarzer Tag für Mr Kingstone

»Kein Diebstahl, keine Entführung, kein Verbrechen.« Peter seufzte wohlig. »Stattdessen ein ganz normales Wochenende. Herrlich!«

Justus seufzte ebenfalls. Aber nicht wohlig. »Normal ist langweilig. Wir sollten Ausschau halten nach …«

»… Entspannung?«, rief Peter.

»… Spaß?«, fragte Bob.

»… etwas Aufregendem«, beendete der Erste Detektiv seinen Satz ungerührt.

Die drei Jungen saßen in ihrer Zentrale im versteckten Campinganhänger auf dem Schrottplatz. Alles war ruhig.

Bis zu genau diesem Moment.

»Das ist ja ungeheuerlich! Verschwinde!«, dröhnte Tante Mathildas Stimme durch die geöffnete Dachluke. Sie übertönte sogar das gleichzeitig einsetzende Kreischen einer Schleifmaschine.

Die drei ??? eilten nach draußen. So schnell es eben ging, wenn sie alle auf einmal hinauswollten. Sie nutzten das Kalte Tor und mussten sich erst mal durch den kurzen Gang und den rückwandlosen Kühlschrank quetschen.

Im Freien schauten sie sich um und entdeckten Mrs Jonas. Sie stemmte die Fäuste in die Hüften und funkelte einen Besucher zornig an.

Der war alles andere als ein angenehmer Anblick für die Jungen. Skinny Norris, der Erzfeind der drei ???, rang sichtlich

nach Fassung und rief: »Ah, da seid ihr ja!«, als würde er alte Freunde begrüßen.
Tante Mathilda drehte sich um. »Ihr glaubt nicht, wie unverschämt dieser Kerl hier gerade aufgetreten ist!« Sie schnappte nach Luft.
»Ich kann's mir vorstellen«, versicherte Justus. »Skinner Norris ist nicht gerade für seine einnehmende Höflichkeit bekannt. Also, was willst du, Skinny?«
»Nur reden«, sagte der plötzlich kleinlaut.
Peter schüttelte den Kopf. »Um uns zu beleidigen oder eine Falle zu stellen? Kein Bedarf!«
»Aber nein, ich …« Der Besucher atmete tief ein. Er trug eine Plastiktüte, die er leicht umherschlenkerte. Es kostete ihn sichtlich Mühe, den nächsten Satz hinauszupressen: »Ich brauche eure Hilfe.«
Das verschlug den drei ??? völlig die Sprache. Skinny tauchte einfach so auf dem Schrottplatz auf und bat sie um Hilfe? Das hatte es so noch nicht gegeben!
Alle schwiegen.

Sekundenlang.

Oder noch länger.

Endlich sagte Bob: »Okay, wir hören.«
Skinny warf einen Blick auf Tante Mathilda.
»Du entschuldigst uns?«, wandte sich Justus an sie.
Mrs Jonas seufzte. »Was bleibt mir anderes übrig? Aber eins

wollte ich euch sagen – hier muss dringend aufgeräumt werden, am besten noch dieses Wochenende. Titus erwartet einen wichtigen Kunden, da soll es nicht aussehen wie auf dem –«

»Schrottplatz?«, schlug Skinny vor. Er wusste wirklich, wie man sich beliebt machte …

»Es ist ein Wertstoffcenter«, erklärte Tante Mathilda kühl und rauschte davon.

Die vier Jungen blieben zurück. »Bringen wir's hinter uns«, forderte Peter. »Also, was willst du?«

»Wie gesagt, ich brauche eure Hilfe«, meinte Skinny. »Äh … ich … Hier. Erst mal das.« Er überreichte Justus die Plastiktüte.

»Was ist das?«, fragte Bob.

Der Erste Detektiv schaute hinein, runzelte die Stirn und zog eine Riesenpackung Donuts hervor.

»Für euch«, erklärte Skinny. Es wurde immer seltsamer. »Quasi als Versöhnungsgeschenk, weil …«

»Nun rück raus mit deiner Geschichte«, forderte Justus. »Warum brauchst du unsere Hilfe?«

»Gut.« Skinny rieb sich nervös über den Nasenrücken. »Ich habe einen Freund …«

»Du hast einen *Freund*?«, fiel Peter ihm ins Wort.

Ihr Erzfeind setzte neu an. »Ich habe einen flüchtigen Bekannten, dem ich Geld schulde. Eine Menge, um ehrlich zu sein. Eine große Reparatur an meinem Sportwagen war nötig und ich brauchte die neue Soundanlage und … ach, was soll's, ich habe mir bei ihm einen Riesenhaufen Kohle geliehen.«

»Und jetzt fordert er sie zurück?«, fragte Peter. »Überraschung!«
»Nein, eben nicht. Ich habe mit ihm die Vereinbarung, es in kleinen Raten zurückzubezahlen, und das klappt auch alles. Jetzt hat Mr Kingstone sogar angeboten, mir die Schulden zu erlassen.«
Der Name kam Justus irgendwie bekannt vor, aber ihm fiel nicht ein, wieso.
»Marc Kingstone ist mein Nachbar und ich muss nichts mehr zurückzahlen, wenn ich ihm helfe.«
»Wobei wir wiederum dir helfen sollen«, sagte Peter. »Wie kommst du auf uns?«
»Weil er ganz spezielle Hilfe benötigt. Er ist Opfer eines Verbrechens geworden. Da kennt ihr euch doch aus. Er wird erpresst.«
»Interessant«, meinte der Erste Detektiv. »Und da wendet er sich ausgerechnet an dich?«
Skinny grinste. »Ich habe mich auch gewundert, das gebe ich zu. Er dachte wohl, ich würde mich in der Welt der halbseidenen Existenzen auskennen.«
Peter lachte humorlos. »Das Böse mit dem Bösen bekämpfen, sozusagen. Seltsame Idee.«
»Finde ich gar nicht«, gab Justus zu. »Mister Kingstone hat von echten Verbrechen sicher keine Ahnung – wie die meisten, die sich im Fernsehen zwar Krimis anschauen oder Thriller lesen, doch selbst noch nie von Gesetzesbrechern tangiert wurden.«
»Was ist denn mit euch los?«, fragte Bob. »Ich meine, von Justus bin ich ja gewohnt, dass er geschwollen daherredet …

aber du, Skinny? *In der Welt der halbseidenen Existenzen?* Ist das dein Ernst?«

»Ja, ist es!«, versicherte der Erzfeind der drei ???. »Jetzt habe ich die Karten offen auf den Tisch gelegt. Bitte helft mir – und damit auch Mr Kingstone! Ich brauche eure Unterstützung! Ich kann euch nicht leiden, und das wird sich bestimmt auch nicht ändern, aber ich bin wenigstens ehrlich. Also, was sagt ihr?«

»Ähm«, meinte Bob.

»Ähem«, machte Peter.

Justus knetete seine Unterlippe. »Das ist durchaus ungewöhnlich. Dennoch akzeptieren wir.«

»Was?«, entfuhr es seinen beiden Freunden gleichzeitig.

»Just, Augen auf«, ergänzte Peter, »das ist Skinner Norris, der übelste Typ in ganz Rocky Beach, der uns tausendmal Steine in den Weg gelegt hat!«

Justus winkte ab. »Ich weiß. Aber wir dürfen uns nicht selbst untreu werden. Wie lautet unser Motto?« Natürlich hatte er stets eine Visitenkarte griffbereit in der Hosentasche und hielt sie triumphierend hoch.

»Jaja. Wir übernehmen jeden Fall«, las Bob widerstrebend vor.
»Und wenn ich mich nicht täusche«, sagte Justus, »ist das, was wir soeben gehört haben, ein Fall. Also, Skinny, du hast uns hiermit offiziell engagiert.«
»Prima.« Ihr Erzfeind grinste. »Ich wusste, dass ihr euch so entscheiden würdet. Mr Kingstone erwartet uns um elf.«
Peter schaute schicksalsergeben auf die Uhr. »Da bleiben anderthalb Stunden. Das ist gut.« Er wandte sich zum Gehen.
»Was hast du vor?«, fragte Bob.
»Ich muss etwas erledigen. In der Zentrale. Und ich will mindestens eine Viertelstunde nicht gestört werden, klar?«
Der Zweite Detektiv zog ohne weitere Erklärung von dannen.
»Er scheint sauer auf euch zu sein«, meinte Skinny. »Ich dachte, so was gibt's bei euch üblicherweise nicht.«
»Wenn du im Spiel bist, schon«, sagte Bob.
»Er ist unser Auftraggeber«, sagte Justus. »Also lassen wir die Feindseligkeiten. Peter wird seine Gründe haben.«
»Viel wichtiger«, meinte Bob, »ist jetzt, wieso dieser Mr Kingstone erpresst wird. Erzähl uns alles, was du weißt.«
»Das soll er besser selbst tun«, schlug Skinny vor. »Bevor ich euch später zu ihm bringe, gehe ich erst was frühstücken. Ich bin gleich nach dem Aufwachen hierhergekommen und hab Riesenhunger.«
Justus klopfte auf seinen Bauch. »Jetzt, wo du es sagst …«
»Ja klar, kein Wunder«, ätzte Skinny. »Justus Jonas, der Dicke Detektiv.«

»Skinny?«
»Hm?«
»Du hast uns um Hilfe gebeten! Da ist es nicht gerade förderlich, uns zu beleidigen.«
»Hab ich doch gar nicht.«
»Da bin ich anderer …«
»Ich habe nur *dich* beleidigt«, unterbrach Skinny. »Aber ich reiße mich ab sofort zusammen.« Er atmete tief durch. »'tschuldigung.« Damit verließ er den Schrottplatz.
Bob schaute ihm nach. »Er ist so widerlich. Bist du dir sicher, dass wir dem Richtigen beistehen?«
»Wir helfen vor allem Mr Kingstone«, sagte Justus, »der einem Verbrechen zum Opfer gefallen ist. Dass Skinny davon profitiert, ist ein Nebeneffekt, den wir in Kauf nehmen müssen.«
»Klar! Mir geht es bei meiner Frage auch um diesen Mr Kingstone. Wenn er sich ausgerechnet an Skinny wendet, dem er vorher Geld geliehen hat – was ist das dann für ein Typ? Ein schmieriger Geldverleiher, der nun von einem seiner Opfer erpresst wird? Wir wissen nichts über ihn!«
Justus nickte nachdenklich. »Wir werden es bald erfahren.« Er wechselte das Thema. »Was wohl Peter vorhat?«
Sie mussten nicht lange warten, bis ihr Freund aus der Zentrale zurückkam. »Hier«, meinte er und streckte ihnen etwas entgegen – einen Stapel kleiner, rechteckiger Pappkärtchen.
»Was soll das sein?«, fragte Justus.
»Unsere neuen Visitenkarten«, erklärte Peter. »Ich habe sie extra justusmäßig formuliert, damit du dich nicht beschweren kannst.«

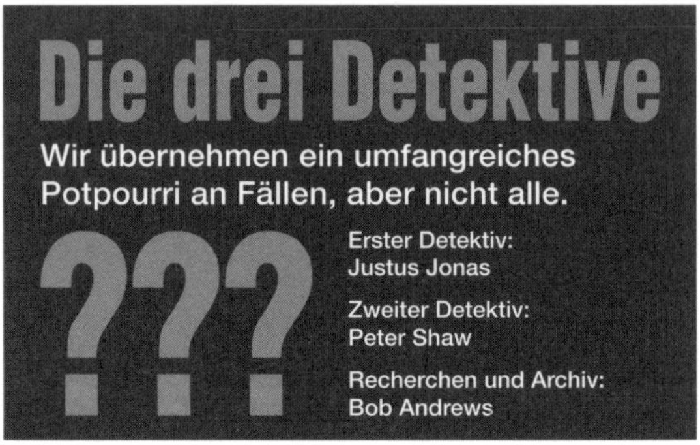

»Das ist nicht witzig«, sagte Justus.

»Finde ich schon!« Bob prustete los.

Das war so ansteckend, dass seine Freunde einfielen. Beide. Sie eilten ins Haus und futterten Skinnys Donuts.

Die Frage, was es mit Mr Kingstone und der Erpressung auf sich hatte, ging Justus allerdings auch dabei nicht aus dem Kopf. Hatten Bob und Peter womöglich recht? Hätten sie diesen Fall nicht übernehmen sollen, weil er nicht in ihr *umfangreiches Potpourri* passte?

Sie saßen noch in der Küche, als Skinny zurückkam. Gemeinsam brachen sie auf. Skinny fuhr in seinem blauen Sportwagen vorneweg, die drei ??? folgten in Peters rotem MG. Die Fahrt ging durch halb Rocky Beach. Schließlich parkten sie vor einem kleinen, zweistöckigen Haus.

Als sie darauf zugingen, sagte der Erzfeind und aktuelle Auftraggeber der drei ???: »Eins solltet ihr wissen. Mr Kingstone ist …« Er zögerte.

»Ja?«, fragte Bob.

»Er ist blind.« Skinny klingelte. Nur Sekunden später summte es und er drückte die Tür auf. Im Flur eilte er zielstrebig

zu der ausgetretenen Holztreppe und nahm die ersten Stufen. Jeder Schritt knarzte.
Ehe die drei ??? folgen konnten, ging die einzige Innentür im Erdgeschoss auf. Ein hagerer Mann schaute heraus. Ein Schwall braun gelockter Haare hing ihm bis auf die Schultern. Er trug ein schreiend buntes Hawaiihemd und ausgewaschene Shorts.
»Schon gut, Aaron«, rief Skinny. »Wir wollen zu Marc!«
»Ach, du bist's!« Die Tür fiel wieder zu.
»Das war Aaron Kingstone«, erklärte Skinny. »Marc Kingstones Bruder.«
Nun ging oben die Tür auf. Ein freundlich lächelnder Mann bat sie herein. Die Lachfalten um Mund und Augen verliehen ihm ein sympathisches Aussehen. »Ich habe eure Stimmen gehört. Ihr müsst die drei Freunde des jungen Norris sein, von denen er mir erzählt hat.«
»Skinny hat Ihnen von uns erzählt, ja, aber *Freunde* würde ich uns nicht gerade nennen …« Bob nannte ihre Namen.
Marc Kingstone trug weder eine dunkle Sonnenbrille noch einen Taststock oder entsprach sonst irgendeinem Klischee eines Blinden. Er führte seine Gäste zielstrebig durch die Wohnung zu einem runden Tisch, auf dem Gläser und einige Flaschen Saft und Limo bereitstanden. Er ging zum Kühlschrank, hantierte dort herum und kam mit einem großen Krug voller Eiswürfel zurück. »Bedient euch.«
Justus wusste, dass sich Blinde in ihrem eigenen Haus perfekt auskannten und zurechtfanden, weil sich alles stets am selben Ort befand, trotzdem beeindruckte ihn die Sicherheit ihres Gastgebers.

Sie setzten sich und Mr Kingstone bedankte sich für das Kommen der drei Detektive. »Und du«, sagte er zu Skinny, »du bürgst für sie, ja?«
Skinny verzog das Gesicht, als hätte er in eine Zitrone gebissen. In die sauerste Zitrone der Welt. Mindestens. »Klar. Wir kennen uns schon ewig.«
»Nicht so lange wie ich dich!« Mr Kingstone wandte sich den drei ??? zu. Seine Iriden waren milchig-trüb. »Skinners Großeltern wohnten bereits im Nebenhaus, als Skinny geboren wurde. Ich habe manchmal auf ihn aufgepasst, als er noch ein Baby war.«
»Er war bestimmt zuckersüß«, sagte Peter todernst.
»Hat viel geschrien und geweint, wenn er seinen Willen nicht bekommen hat«, meinte Mr Kingstone. »Aber sonst war er ein lieber Junge.«
Den drei ??? fiel das Grinsen fast aus dem Gesicht.
»Können wir zur Sache kommen?«, fragte Skinny leicht gereizt. Oder auch nicht ganz so leicht. »Die Erpressung.«
»Sicher.« Der Blinde wurde übergangslos ernst. »Ich fange am besten vorne an. Ich bin nicht gerade arm, versteht ihr? Mit meinem Dunkelrestaurant mache ich guten Profit. Alles auf ehrliche Weise.« Er grinste. »Das sage ich nur, weil ihr ja Detektive seid und nichts über mich wisst.«
Justus schnippte mit Daumen und Mittelfinger. »Natürlich!«
»Wie bitte?«, fragte Mr Kingstone.
»Entschuldigen Sie, Sir – ich habe mich nur die ganze Zeit gefragt, woher ich Ihren Namen kenne. Jetzt weiß ich es … das Dunkelrestaurant in Long Beach! Es stand neulich ein großer Artikel über Sie in der Zeitung.«

»Das stimmt«, sagte der Blinde bescheiden. »Es gibt sonst keines weit und breit und das Interesse reißt nicht ab. Auch aus Rocky Beach kommen viele Leute.«

»Dunkelrestaurant?«, fragte Bob. »Bin ich der Einzige, der nicht versteht, was das sein soll?« Er klang ein wenig grummelig – Recherchen und Archiv waren ja seine Aufgabe und normalerweise glänzte *er* damit, passende Zeitungsartikel zu kennen.

»Es ist ein Erlebnis der besonderen Art«, sagte Mr Kingstone in einem Tonfall, als würde er gerade einen Werbespot einsprechen. »Erstens ist das Essen wirklich delikat, weil ich nur exquisite Köche beschäftige, und zweitens nimmt man während des Besuchs sozusagen meine Rolle ein.«

»Die des Besitzers?«, fragte Bob verwirrt.

Marc Kingstone lachte. »Das ehrt dich, dass du nicht verstehst, was ich meine. Viele Menschen reduzieren mich automatisch auf meine Blindheit. Und die meine ich natürlich – die Rolle eines Blinden. Im gesamten Restaurant ist es nämlich stockdunkel. Es gibt keine Fenster und es leuchtet kein noch so kleines Lichtchen durch das Stand-by-Lämpchen einer Steckdose oder so etwas. Es herrscht absolute, undurchdringliche Finsternis. Alle Kellner und sonstigen Bediensteten sind blind und bewegen sich darum völlig sicher. Ihr wisst vielleicht, dass das eine unserer Gaben ist, wenn wir uns in Räumen auskennen. Natürlich hilft mir trotzdem mein Bruder Aaron viel. Er wohnt unten.«

»Wir haben ihn schon gesehen«, sagte Justus. »Sind wirklich alle Ihre Angestellten blind?«

»Ja, abgesehen von den Köchen. Aber die Küche ist so abgetrennt, dass von dort kein Licht hinausfällt.« Mr Kingstone räusperte sich. »Zurück zur Erpressung. Mein bescheidener Reichtum hat sich offenbar herumgesprochen. Nicht nur bei meinen Bekannten …«, er drehte sich zu Skinny, »… denen ich auch mal Geld leihe, weil ich einfach zu gutmütig bin, sondern bis hin zu irgendwelchen Schurken! Ich habe vor etwa drei Wochen eine erste Forderung erhalten. Tausend Dollar – oder es würde meinen Gästen übel ergehen. Einige vergiftete Speisen, so stand auf der Nachricht, ein paar Besucher, denen dank einer Lebensmittelvergiftung der Magen ausgepumpt werden muss, und mein Restaurant wird bankrottgehen.« Er seufzte. »Und das ist leider richtig, auch wenn sich noch so sehr herausstellt, dass ich schuldlos bin. Die Botschaft hat der Täter übrigens in Blindenschrift geschrieben und nicht vergessen zu erwähnen, dass ich keine Polizei einschalten darf.«

»Und Sie wollen natürlich nicht zahlen«, sagte Justus.

»Ich habe bereits bezahlt«, erklärte der Blinde. »Aber damit war es nicht vorbei. Kurz darauf forderte der Erpresser noch mal 500 Dollar. Und jetzt wieder eintausend. Morgen Abend soll ich sie auszahlen.« Er ballte die Hände zu Fäusten und legte sie mühsam beherrscht auf der Tischplatte ab. »Wahrscheinlich soll es jetzt immer so weitergehen. In meiner Verzweiflung habe ich den jungen Norris um Hilfe gebeten, weil ich wusste, dass er … na ja, dass er selbst das eine oder andere Mal nicht ganz astrein gehandelt hat. Ich dachte, vielleicht hat er eine Idee. Also bot ich ihm an, ihm seine Schulden zu erlassen, wenn er mir weiterhelfen kann.«

»Und er hat sich ganz offen an uns gewandt«, meinte Justus.

»Und damit zum ersten Mal, seit wir ihn kennen, etwas Schlaues getan.«
Skinny warf ihm einen Blick zu, der kochendes Wasser zu Eis erstarren lassen würde. Aber er schwieg.
»Wo fanden die Geldübergaben statt?«, fragte Peter.
»Dort, wo niemand sie beobachten konnte – auch wenn ich einen nicht blinden Freund gebeten hätte, dabei zu sein, wäre das sinnlos gewesen.«
»Im Dunkelrestaurant«, vermutete Bob.
»Ganz genau. Ich habe das Geld auf den befohlenen Platz gelegt: an den Rand der Theke, auf der die Kasse steht, direkt neben der Wand. Da kommt keiner zufällig hin.«
»Wir müssen uns im Restaurant umsehen«, forderte Bob.
»Natürlich, gern. Es bleibt ja noch eine Menge Zeit. Punkt halb sechs am Nachmittag öffne ich für meine Gäste, ab dann herrscht Dunkelheit.«

Mr Kingstone schloss auf und sie betraten zu fünft den Bungalow an der Strandpromenade in Long Beach. Der Vorraum hatte nur ein kleines Fenster nach draußen, sodass schummriges Licht im Raum herrschte.
An der Seitenwand hing eine Tafel, auf der in verschnörkelter Schrift der Restaurantname *The King's Stone* stand – mit der Unterzeile *Ein dunkles Vergnügen für den Gaumen und die Augen.* Darunter fanden sich eine Menge hervorstehender, sehr kompakt angeordneter Punkte. Wohl dieselben Worte in Blindenschrift. Mr Kingstone geleitete seine Besucher hinein. Eine schwere Tür führte in einen winzigen Raum, an dessen Ende sich wiederum eine Tür befand.

»Eine Schleuse«, kommentierte Justus. »Wie man sie etwa als Luftschleusen aus U-Booten kennt oder aus Filmen über Raumschiffe. Nur dass diese hier zweifellos dazu dient, das Licht draußen zu halten, wenn Gäste eintreten.«
»So ist es.« Der Blinde schloss die erste Tür hinter sich.
Es wurde stockdunkel. Die drei ??? hörten, wie Mr Kingstone an ihnen vorbeiging und dann die Tür gegenüber aufschloss. Ein leises Knarren folgte. Es blieb nachtschwarz.
Peter tastete sich vorwärts und rumste mit der Stirn gegen irgendetwas. Er fluchte und rieb sich die schmerzende Stelle.
»Bleibt einfach stehen«, rief Mr Kingstone. »Noch ein kleiner Moment … ich bin am Tresen … so!«
Licht ging an. Justus, Peter und Bob kniffen geblendet die Augen zusammen. Skinny wankte zu einem Stuhl und ließ sich hineinplumpsen.
»Ihr wundert euch vielleicht, dass es überhaupt Lampen gibt«, meinte Mr Kingstone.
»Nein, das ist doch klar«, sagte Peter. »Weil ja vermutlich auch sehende Leute hier beschäftigt sind, zum Vorbereiten, Putzen oder so was.«
»Reden Sie von mir?«, ertönte eine schrille Stimme. Eine schlanke Frau mit rabenschwarzen Haaren kam um die Ecke des L-förmigen Raumes, während den drei ??? noch immer Sterne vor den Augen tanzten. Sie mochte etwa fünfzig Jahre alt sein, trug ausgelatschte Sandalen und kurze Jeans sowie ein schwarzes Shirt, das um ihren dürren Oberkörper schlackerte. Sie rieb sich die Augen.
»Keine Angst, Sarah, alles in bester Ordnung«, versicherte Mr Kingstone.

»Dachte schon, ich hätte was falsch gemacht.« Die Frau lächelte unsicher. »Ich habe eben ein kleines Nickerchen gehalten.«
»Sarah ist meine gute Fee«, erklärte der Blinde.
Sie lachte. »Andere sagen Putzfrau, das klingt nicht ganz so hochtrabend. Ich bin sowieso fertig für heute. Ich gehe dann, ja?«
Justus blickte ihr nach, als sie durch die Tür verschwand. »Weiß sie etwas von der Erpressung?«
»Natürlich nicht.« Mr Kingstone schüttelte hastig den Kopf. »Ich will niemanden da mit reinziehen.«
»Ist sonst noch jemand hier?«, fragte Peter. »Oder können wir uns ungestört umschauen?«
»Heute ist Samstag«, murmelte der Blinde. »Könnte also sein, dass Albert schon einiges vorbereitet, ehe der Betrieb losgeht. Samstags ist immer besonders viel los.«
»Albert?«
»Einer meiner Köche.«
»Können Sie uns die Küche zeigen?«, bat Bob.
Mr Kingstone führte sie dorthin. Skinny blieb auf seinem Stuhl sitzen und pulte mit dem Zeigefinger im Ohr, während er mit der anderen Hand auf der Tischplatte trommelte.
Die Küche erwies sich als leer. Die drei ??? schauten sich genau um. Es war gut, sich einen Überblick zu verschaffen. Schließlich war das Restaurant nicht zufällig als Übergabeort ausgewählt worden. War einer der Angestellten der Erpresser? Der Koch Albert, die Putzfrau Sarah oder andere, von denen die drei ??? noch nichts wussten?
Anschließend musterten sie die Übergabestelle am Ende des

Tresens. »In der Tat eine Ecke, zu der im Stockdunkeln niemand zufällig kommt«, stellte Peter fest. Dass die Stelle so genau gewählt worden war, legte nahe, dass sich der Erpresser im Restaurant auskannte. »Trotzdem kommen eine Menge Leute infrage. Nämlich jeder, der schon mal hier gegessen hat.«

»Eben nicht«, hielt Justus dagegen. »Denk mal nach, Zweiter! Der normale Gast hat die Übergabestelle noch nie gesehen … nicht mal den Tresen. Es ist ja normalerweise stockdunkel.«

»Stimmt auch wieder«, musste Peter zugeben.

Sie fragten Mr Kingstone nach allen Angestellten und kamen auf eine ernüchternde Vielzahl. Zwei andere Köche, vier Hilfsköche, insgesamt acht Kellner und Kellnerinnen im Wechsel und außer Sarah noch drei Aushilfsputzfrauen.

»Und dann waren bei der Einrichtung des Restaurants natürlich bereits Elektriker im Raum, sicher eine Menge sonstige Arbeiter, Schreiner … Tapezierer …« Justus seufzte. So kamen sie nicht weiter! Aber es war schon mal gut, den Ort der Geldübergabe genau unter die Lupe genommen zu haben.

Sie wollten gerade gehen, als ein schlanker Mann mit Schnauzbart und einer dünnrandigen Brille hereinkam. Es war Albert. Er streckte den drei ??? die Hand zur Begrüßung entgegen. Auf seinem Handrücken entdeckte Justus eine breite Narbe. Der Koch bemerkte den Blick und meinte: »Ein Andenken aus meiner Lehrzeit als Küchengehilfe. Ich war mit dem Gemüsemesser noch nicht ganz so geschickt wie heutzutage.«

Sie fuhren zurück zu Mr Kingstones Haus. Skinny stieg nicht mit aus, sondern verabschiedete sich durchs Autofenster. Er sah zerknirscht aus, als er herauspresste: »Viel Erfolg. Ich hoffe, ihr findet den Schurken.«

Der Zweite Detektiv schaute dem davonknatternden Auto grinsend nach und spielte gedankenverloren mit dem Stapel der neuen Potpourri-Visitenkarten, den er sich in die Hosentasche gesteckt hatte.

Mr Kingstone wollte aufschließen, doch etwas baumelte, mit einem Faden am Haustürgriff befestigt, direkt vor dem Schlüsselloch.

Ein Briefumschlag. Er war unbeschriftet. Der Blinde tastete danach, öffnete ihn und holte ein ebenfalls leeres Blatt heraus. Seine Finger fuhren mit hastigen, unruhigen Bewegungen über die Seite – und jetzt erst begriffen die drei ???, dass sehr wohl etwas auf dem Papier stand. In den tastbaren Erhebungen der Blindenschrift!

Mr Kingstone wurde blass.

»Was steht dort, Sir?«, fragte Bob.

»I-ich …« Die Lippen des Blinden bebten. Seine Finger fuhren zum oberen linken Eck der Seite und er las vor, während er sich vorantastete. *»Ich weiß, dass Sie sich an diese Detektive gewandt haben. Schicken Sie sie weg, sofort! Wenn ich einen der drei noch einmal sehe, werden die ersten Gäste Ihres Restaurants im Krankenhaus landen. Und Sie verdienen eine Lektion! Statt 1000 Dollar morgen Abend will ich 1500 noch heute! Ab 20 Uhr muss das Geld bereitliegen! Am bekannten Ort. Und um Ihnen zu zeigen, dass es mir ernst ist … werfen Sie doch mal einen Blick auf Ihren kleinen Bruder.«*

»Was soll das heißen?«, fragte Justus.
Mr Kingstone schloss hastig die Tür auf, eilte durch den Vorraum, an der Treppe vorbei zu der Tür, die zur Wohnung seines Bruders führte. Er klopfte laut. »Aaron! Bitte mach auf! Ist alles in Ordnung bei dir?«
Es dauerte nur Sekunden, bis der hagere Mann öffnete, den die drei ??? schon bei ihrem ersten Besuch im Haus kurz gesehen hatten. Eins hatte sich allerdings verändert. Sein rechtes Auge war an der Seite blau und geschwollen.
»Was ist mit Ihnen passiert?«, fragte Justus.
»Keine Ahnung«, sagte Aaron Kingstone. »Ich war vorhin draußen, Müll wegbringen, als sich jemand von hinten an mich herangeschlichen und mir eine verpasst hat. Als ich wieder auf die Füße gekommen bin, war er weg.«
»Haben Sie irgendwas gesehen?«
»Nichts! Aber was sollen die Fragen? Wer seid ihr? Und … hast du davon gewusst, Marc?«
»Nein … ja …«, sagte der Blinde schwach. »Ich … ich erkläre es dir später.«
»Hm«, brummte Aaron, schüttelte den Kopf und schloss die Tür.
Mr Kingstones Zunge huschte über seine Lippen hin und her. »Was … was soll ich jetzt tun? Ihr könnt nicht mehr weiterermitteln. Das ist zu gefährlich.«
»Kommen Sie bitte mit nach draußen«, bat Justus. »Dorthin, wo wir den Brief gefunden haben.«
Ohne auf eine Antwort zu warten, hastete er ins Freie. Peter, Bob und Mr Kingstone folgten.
Draußen entfernte sich der Erste Detektiv noch einige

Schritte von der Tür. Seine Freunde führten Mr Kingstone zu ihm.

»Ich bitte Sie, uns zu vertrauen, Sir«, sagte Justus. »Dass der Erpresser so schnell auf uns reagiert hat, gibt mir zu denken. Ich habe eine Vermutung.«

»Und zwar?«

»Der Erpresser könnte in Ihrer Wohnung eine Wanze versteckt haben und Sie abhören, um herauszufinden, ob Sie sich an die Polizei wenden. Weil Sie blind sind, fürchtet er nicht, dass Sie das Abhörgerät entdecken. Ich habe einen Plan!«

Wenig später gingen die drei ??? mit Mr Kingstone nach oben in dessen Wohnung. Während sich Bob und Peter so leise wie möglich auf die Suche machten, führte Justus mit dem blinden Mann das verabredete Gespräch.

»Ihr habt den Brief gelesen, Jungs. Ich kann es nicht riskieren. Geht!«

»Aber Sir, wir können den Erpresser doch nicht einfach ...«

»Wir müssen!«, fiel Mr Kingstone ihm ins Wort. »Es ist zu gefährlich! Lieber zahle ich noch einmal, als dass Aaron am Ende im Krankenhaus landet und mein Restaurant bankrottgeht!«

»Der Entführer wird keine Ruhe geben«, prophezeite der Erste Detektiv. »Dieser Forderung wird eine weitere folgen!«

Peter drehte sich zu ihm um und reckte triumphierend den Daumen in die Höhe. Danach deutete er nach oben auf den weißen Rauchmelder an der Decke. Justus ging näher und legte den Kopf in den Nacken – richtig, dort klemmte ein ebenfalls weißes, fingernagelgroßes Metallplättchen.

Eine Wanze!
»Egal«, sagte Mr Kingstone ganz wie besprochen, »ich entbinde euch von dem Auftrag. Danke für eure Bemühungen. Und kommt bitte nicht mehr zurück!«
Justus, Peter und Bob verließen das Haus. Wer immer ihr Gegner war – er musste sich nun in Sicherheit wiegen. Aber er hatte die Rechnung ohne die drei ??? gemacht!
Sie fuhren zuerst zum Schrottplatz, um einiges von ihrer Detektivausrüstung aus der Zentrale einzupacken. Sofort danach ging es zurück zum Dunkelrestaurant. Mr Kingstone hatte ihnen einen Schlüssel gegeben und bei der Geldübergabe am Abend würden sie es dem Erpresser zeigen! So schlau es anfänglich gewesen war, als absolut beobachtungsgeschützten Übergabeort das stockdunkle Restaurant gewählt zu haben ... Genau das würde ihm nun zum Verhängnis werden!

Die Falle war vorbereitet. In etwa einer halben Stunde begann die Frist, ab der das Geld bereitliegen sollte. 1500 Dollar – und die Frage war, ob es dabei bliebe oder ob weitere Forderungen nachkamen.
Die drei ??? nutzten die Zeit, Mr Kingstones Einladung zum Essen anzunehmen. Schon als sie von einem Kellner in Empfang genommen und zu ihren Stühlen geführt worden waren, hatten Peter die Knie etwas gezittert: essen im Dunkeln, und dann würde sich in Kürze auch noch ein Verbrecher zu ihnen gesellen.
Justus störte sich daran gar nicht und verputzte in aller Seelenruhe und trotz der undurchdringlichen Schwärze um ihn

herum geschickt eine Riesenportion Pasta mit Hühnchenstreifen. Seine Freunde hatten weitaus mehr Mühe, sich zurechtzufinden. Dem Zweiten Detektiv ging durch den Kopf, dass ja genau in diesem Moment eine riesige Spinne über seinen Teller krabbeln könnte. Dass er sie sogar mit der Gabel aufspießen und zu seinem Mund führen könnte. Sosehr er sich auch sagte, wie lächerlich diese Vorstellung war – er bekam sie nicht aus seinen Gedanken.
Beim Nachtisch angelangt, stieg die Spannung für die drei ??? ins Unermessliche. »Superman mit seinem Röntgenblick würde denken, wir haben sie nicht mehr alle, in völliger Finsternis mit Sonnenbrillen zu sitzen«, flüsterte Peter seinen Kollegen zu.
Bob kicherte leise. »Ein Röntgenblick hilft da nichts. Müsste das nicht eher so was wie Infrarot sein?«
»Ist doch egal«, schmatzte Justus, den Mund voll mit köstlicher Vanillecreme.
Fünf Minuten später war es so weit!
Im gut gefüllten Restaurant ging plötzlich gleißend helles Licht an!
An einigen Tischen schrien Gäste auf. Die meisten hoben sich instinktiv die Hände vor die Augen. Die drei ??? sprangen auf. Im Unterschied zu jedem sonst in diesem Raum – von den Blinden abgesehen – waren sie nicht geblendet. Ihre Sonnenbrillen schützten sie davor und halfen ihnen, mit der grellen Helligkeit zurechtzukommen.
Ganz anders der Erpresser, der genau in diesem Moment das Geldbündel an sich genommen und damit den Scheinwerfer angeschaltet hatte!

Es hatte Justus eine halbe Stunde Bastelei gekostet, alles passend herzurichten. Mit ihrer Detektivausrüstung war es keine Schwierigkeit gewesen, eine kleine Kontaktschranke aufzubauen, die in dem Augenblick unterbrochen wurde, als der Schurke nach dem Geld griff.

Und nun stand er geblendet da, eine Hand schützend vor den Augen.

Die drei ??? stürzten sich auf ihn.

Die Jungen hatten gehofft, dass es sich nicht um einen der blinden Angestellten handelte, den die plötzliche Helligkeit natürlich nicht gestört hätte – aber auch dafür wäre vorgesorgt gewesen. Die ganze Zeit lief nämlich eine Videokamera, und seit das Licht den Raum flutete, zeichnete sie den Übergabeort auf. Es gab also eindeutiges Beweismaterial, selbst wenn der Schurke in dem Trubel entkommen wäre.

Aber der Verbrecher ging in die Falle, und bevor er nur an Flucht denken konnte, hielten ihn Peter und Bob an beiden Armen gepackt. Justus versperrte ihm zusätzlich den Weg.

Mr Kingstone eilte herbei, um sie zu unterstützen.

»Das darf doch nicht wahr sein!«, entfuhr es dem Blinden. »Du?!« Offenbar musste er den Erpresser nicht einmal sehen, um ihn zu erkennen.

Die drei ??? wussten, wieso.

Seinen eigenen Bruder erkannte Mr Kingstone wohl sogar am Geruch oder an seinen Atemgeräuschen …

Mr Kingstone, schrieb Bob später in die Archivakte des kleinen Falles, dem er den Titel **Ein schwarzer Tag für Mr Kingstone** gegeben hatte, *beruhigte die aufgebrachten Gäste* *seines Dunkelrestaurants schließlich damit, dass er allen das Essen spendierte. Und schon beschwerte sich niemand mehr darüber, so unvermittelt geblendet worden zu sein. Einige gaben dann sogar ein so hohes Trinkgeld, dass das Restaurant an diesem Abend kein Minus machte. Dass sein Bruder der Erpresser war, erschütterte Mr Kingstone sehr. Aaron war neidisch auf das Geld seines blinden Bruders und gleichzeitig zu stolz, um sich von ihm etwas schenken zu lassen. Für Aaron war es natürlich ein Leichtes gewesen, die Wanze in der Wohnung zu verstecken. Als wir aufgetaucht sind und er kapiert hat, wer wir sind, wollte er uns um jeden Preis loswerden und hat sich selbst ein blaues Auge verpasst …*

Bob wollte die Akte schon schließen, als er spontan noch einen Absatz ergänzte.

Das Beste daran ist, dass Skinny in unserer Schuld steht. Als er sich bei uns zähneknirschend bedankte, sagten wir ihm, er könne seine Schuld ableisten, indem er für uns den Schrottplatz aufräumt. Erstaunlich, wie hart er arbeiten kann, der gute Skinny.

Wer hat Angst vorm schwarzen Mann?

»Hier ist es, Bob. Halt an!«
Der dritte Detektiv fuhr rechts ran und ließ Peter aus dem Auto springen. Peters Freundin Kelly hatte den Zweiten Detektiv gebeten, sie nach seinem Kinobesuch vom Babysitten abzuholen und nach Hause zu bringen.
»Und beeil dich«, mahnte Justus. »Morgen wird ein langer Tag und es ist schon nach elf.«
»Jaja, Opi, du bekommst schon deine nötige Portion Schlaf.«
Peter lief zum Haus der McGees und klopfte leise an die Tür. *Nicht klingeln!*, hatte ihm Kelly eingeschärft. *Sonst weckst du Toby auf.*
Mrs McGee öffnete. »Ah, da bist du ja, Peter!« Sie hatte noch ihren Mantel und ihre Schuhe an. Offenbar waren sie und ihr Mann gerade erst nach Hause gekommen. »Komm doch rein. Kelly packt nur noch ihre Schulsachen zusammen. Die Arme hat den ganzen Abend Mathe gelernt.«
»Oje, Mathe. Kellys absolutes Horrorfach! Wie war das Theaterstück?«
»Ach, ein bisschen gewöhnungsbedürftig.« Mr McGee, der sich gerade seines Jacketts entledigte, verzog das Gesicht. »Mir zu düster. Und zu modern. Jede Menge Lärm und literweise Blut. Man hatte förmlich –«
Er brach abrupt ab. Ein schriller, angsterfüllter Schrei drang durch das Haus.
»Mamiii!«

»Oh Gott! Toby! Liebling!« Mrs McGee eilte los, gefolgt von ihrem Mann. Instinktiv rannte Peter hinterher.
Aus dem Wohnzimmer kam ihnen Kelly entgegen. »Was ist passiert?«
»Keine Ahnung!«
Sie liefen die Treppe hinauf, ein Stück den Flur entlang und standen kurz darauf in Tobys Zimmer. Der fünfjährige blonde Junge saß aufrecht in seinem Bett, starrte ihnen mit schreckgeweiteten Augen entgegen und bebte vor Angst. Vor dem einen Spalt weit geöffneten Fenster wehte der weiße Vorhang sachte im Wind.
»Toby! Mein Häschen! Was ist denn los?« Mrs McGee stürzte zu ihrem Sohn und nahm ihn in die Arme. Ihr Mann blickte sich hektisch im Zimmer um.
»Der … der …« Toby schluchzte hysterisch und bekam kaum ein Wort heraus. »Da … da …« Er zeigte zum Fenster. »Der … der schwarze Mann!«

Fünfzehn Minuten später stiegen Kelly und Peter in Bobs Auto. Justus machte ein mürrisches Gesicht, aber sein Unmut legte sich, als er und Bob erfuhren, warum sie so lange hatten warten müssen.
»Also keinerlei Hinweise auf einen Eindringling, sondern vermutlich nur schlecht geträumt?«, meinte Bob, als Peter fertig war. »Hast du dir mit Toby einen Horrorschocker reingezogen?« Er sah Kelly an und blinzelte verschwörerisch.
»Das war echt nicht lustig, Bob! Du hättest den kleinen Wurm mal sehen sollen! Der schlotterte richtig!«
Justus überlegte kurz. »Aber es könnte auch sein, dass du das

Fenster nach der Gutenachtgeschichte doch verriegelt hast?«
Kelly zuckte die Schultern. »Ich weiß es nicht mehr. Toby kann es jedenfalls nicht. Also muss ich vergessen haben, es zuzumachen.«
»Lass gut sein, Just!« Peter lachte. »Hier lauert kein neuer Fall! Der Kleine hatte einfach nur Albträume.«

Zwei Tage später war sich der Zweite Detektiv dessen nicht mehr so sicher. Kelly rief ihn gleich nach der Schule an. Eine ihrer Freundinnen, Sandy, bessere sich ihr Taschengeld ebenfalls mit Babysitten auf. Und Sandy habe heute in der Schule erzählt, dass ihr Schützling, die kleine Isabella, gestern Abend aus heiterem Himmel und nachdem sie schon selig geschlafen hatte, plötzlich völlig durchgedreht war. Schockstarre und Schreikrampf in einem – weil der schwarze Mann bei ihr im Zimmer gewesen sei!
»Da stimmt doch was nicht, oder, Peter? Das ist doch kein Zufall! Könnt ihr euch nicht vielleicht … ich weiß nicht … mal umhören?«
Peter informierte Bob und Justus. Alle drei waren ebenfalls der Meinung, dass sich die Sache damit in einem völlig neuen Licht darstellte. Eine Stunde später trafen sie sich in ihrer Zentrale.
»Also«, begann Peter und holte einen kleinen Schreibblock hervor, »ich habe in der Zwischenzeit noch einmal mit Kelly telefoniert und ihr deine Fragen gestellt, Just. Zu Punkt eins: Bezüglich Toby gibt es nichts Neues. Keine Spuren, die wir übersehen hätten, keine Hinweise, nichts. Toby ist aber immer noch ziemlich durcheinander. Wobei das, wie Kelly

meinte, auch daran liegen könnte, dass er seit gestern seine Lieblingsmurmel vermisst.«

»Seine Lieblingsmurmel?«, echote Bob.

Peter zuckte die Achseln. »Ich habe als Kind auch ständig was verloren, verlegt, verschlampt, verschluckt.«

»Na, wenn du es verschluckt hattest, hat es sich ja bestimmt irgendwann wieder angefunden«, meinte Justus trocken.

Peter grinste. »Sozusagen. Zu Punkt zwei: Toby und Isabella haben tatsächlich etwas gemeinsam. Sie gehen in denselben Kindergarten, sogar in dieselbe Gruppe: die Streifenhörnchengruppe.«

»Interessant. Hast du Kelly zufällig nach der Adresse des Kindergartens gefragt?«

»Klar. Maple Tree Preschool, 45 Ashley Road.«

Die Ashley Road lag am Rande von Rocky Beach in der Nähe des Stadtparks. Während ihrer Fahrt überlegten sich die drei ??? einen Vorwand, unter dem sie im Kindergarten weitere Informationen sammeln konnten. Einfach würde das nicht werden, wie sie aus zurückliegenden Fällen wussten. Sie einigten sich auf den Klassiker: ein Referat für die Schule.

»Frühkindliche Sprachmuster auf dem Erfahrungshintergrund von Märchen, Sagen und Mythen?« Mrs Wells, die leitende Erzieherin, sah die drei Jungen erstaunt an. »Mit so was beschäftigt ihr euch heutzutage auf der Highschool?«

»In der Tat.« Justus zückte schon einmal Stift und Block. »Und es wäre ausnehmend freundlich von Ihnen und sehr hilfreich, wenn wir den Kleinen ein paar ganz einfache Fragen zu dieser Thematik stellen dürften. Vielleicht auch nur Kindern aus einer Gruppe?« Der Erste Detektiv sah zu den drei Glastüren, die von dem hellen Eingangsbereich, der gleichzeitig als Garderobe diente, abgingen. »Aus der … Streifenhörnchengruppe vielleicht?« Er deutete auf das Schild an einer der Türen.

Mrs Wells schüttelte den Kopf. »Tut mir leid, das kann ich nicht machen. Das würde mir jede Menge Ärger einbringen. Zumal gerade ohnehin dicke Luft herrscht.« Mrs Wells senkte die Stimme und kam ein Stück näher. »Eine Mutter aus der Streifenhörnchengruppe unterstellt uns doch tatsächlich, dass wir – wie sagte sie noch? – altersmäßig völlig ungeeignete Spiele mit den Kindern spielen würden! Die sie verstören! Was sagt man dazu?« Mrs Wells schnaubte vor Entrüstung.

»Was für Spiele meint sie denn?«, hakte Bob nach.

Mrs Wells holte tief Luft. »*Wer hat Angst vorm schwarzen Mann*! Unglaublich! Als hätten wir keine Ahnung von unserem Job! Frechheit!«

Die drei ??? warfen sich einen vielsagenden Blick zu. In diesem Augenblick ging die Tür zum Streifenhörnchenzimmer auf und ein Junge mit roten Wuschelhaaren und sagenhaften Segelohren rannte auf Peter zu. »Guck mal!« Er streckte sein pummeliges Ärmchen aus und hielt Peter etwas hin. »Voll schön, oder? Viel schönerer als die von Frida, oder?«

Peter und seine Freunde erblickten eine Murmel. Strahlend weiß und so groß, dass sie die ganze Hand des Jungen füllte.

»Gar nicht!« Ein Mädchen mit langen, schwarzen Haaren und einer Piratenklappe über dem rechten Auge kam gleichfalls aus dem Zimmer gesaust. »Meine ist noch viel voll viel

schönerer. An deiner ist ja noch Pinguinkacke!« Sie hielt den drei Detektiven eine ebenso große knallrote Murmel hin.
Der Junge fing an zu weinen. »Da ist überhaupt gar keine Pinguinkacke dran. Du bist selber Pinguinkacke!«
Frida streckte ihm die Zunge raus, sang: »Pinguinkackemurmel, Pinguinkackemurmel«, und hüpfte ins Zimmer zurück.
Mrs Wells nahm den Jungen auf den Arm. »Komm, Tyler, ich bring dich rein. Deine Murmel ist ganz toll.« Sie nickte den ??? zu. »Tut mir leid, Jungs. Ich kann euch gerade wirklich nicht weiterhelfen. Schönen Tag noch.«
»Wie kommt das Mädchen bloß auf Pinguinkacke?«, wunderte sich Peter, während sie durch die Tür ins Freie traten.
»Und da war er wieder, der schwarze Mann«, sagte Bob nachdenklich. »Ich kann mich noch gut an das Spiel erinnern. Einer war der schwarze Mann auf einer Seite des Feldes, alle anderen standen ihm gegenüber. Beim Tausch der Seiten musste der schwarze Mann versuchen, so viele wie möglich zu berühren. Die gehörten dann zu ihm. Wer als Letztes übrig blieb, war der neue schwarze Mann.«
»Ja, und man musste immer irgendwas rufen. ›Wer hat Angst vorm schwarzen Mann‹ oder so. Ob es ihn jetzt da draußen leibhaftig gibt?«, überlegte Peter. »In Groß, in Unheimlich und in Kriminell?«
Justus hatte nur mit halbem Ohr zugehört. »Peter, du müsstest Kelly noch einmal anrufen und sie bitten, ihrerseits noch einmal mit ihrer Freundin Kontakt aufzunehmen. Sie soll sie fragen, ob Isabella auch im Besitz einer Murmel ist und diese womöglich vermisst.«
»Just, Kinder in dem Alter haben immer alle alles zur glei-

chen Zeit. Masern, Läuse, dasselbe Spielzeug. Wenn einer 'ne Murmel hat, wollen alle eine.«
»Ruf Kelly bitte trotzdem an.«
Der Zweite Detektiv erreichte seine Freundin unterwegs und Kelly meinte, dass sie sich melden würde, sobald sie mit Sandy gesprochen hätte.
»Ruf mich dann in der Zentrale an, Kleines. Wir fahren da jetzt hin.«
»In Ordnung. Toll, dass ihr euch darum kümmert.«
»Klar doch.«

Als Kelly etwa eine Stunde später zurückrief, stellte Peter die Lautsprecher an, damit seine Freunde mithören konnten.
»Hi, Bob, hi, Just!«
»Hallo, Kelly!«
»Also, ich habe Sandy erreicht. Und Isabellas Murmel ist tatsächlich ebenfalls weg. Sie hatte die schwarze.«
»Die schwarze?«, rief Justus laut, damit Kelly ihn hören konnte. »Was meinst du mit *die schwarze*?«
»Einige der Kinder haben seit Neuestem eine Murmel. Seit unserem Zoobesuch letzte Woche. Ich war dabei, weil mich Tobys Mutter gebeten hatte mitzugehen. Sie musste zum Arzt oder so. Oder nein, Kosmetikerin, das war's. Und bei einer der Bänke, die vor dem Elefantenhaus stehen, haben die Kinder diese Murmeln gefunden.«
Die drei ??? sahen sich erstaunt an. Justus stand auf und kam zum Telefon. Peter drehte die Sprechmuschel so, dass sein Freund noch besser zu verstehen war.
»Jetzt noch einmal zum Mitschreiben. Du kennst die Mur-

meln, weil die Kinder sie in deinem Beisein gefunden haben? Und zwar im Zoo bei einer Bank? Die lagen da einfach so herum?«

»Ja, unter und neben der Bank. Hat sicher jemand verloren. Aber es war weit und breit niemand zu sehen, der nach etwas gesucht hätte. Wir haben sogar einen der Tierpfleger gebeten nachzufragen, ob jemand eine Murmel-Vermisstenanzeige aufgegeben hat.« Kelly kicherte. »Der hat dann irgendwo angerufen, aber nichts herausgefunden. Also haben wir die Murmeln mitgenommen.«

»Merkwürdig.«

»Lagen die Murmeln vielleicht in, ähm, Pinguinkacke?«, fiel Peter ein.

Kelly lachte laut. »Woher wisst ihr das denn schon wieder? Auf Tylers Murmel war tatsächlich ein bisschen was von dem Zeug. Die lassen die Pinguine manchmal draußen spazieren gehen und einer hat wohl neben die Bank … na, ihr wisst schon. Ist aber total süß, wenn die so zwischen den Leuten rumwatscheln.«

»Frag sie, in welchem Zoo das war«, sagte Bob.

»Ich hab dich verstanden, Bob. Santa Monica.«

»Und welche Kinder besitzen alles eine Murmel?«, fragte Justus.

»Toby, Isabella … Tyler, Frida und Judd. Alle, die mit im Zoo waren. Zwei waren krank und die Zwillinge kommen dienstags nie. Genau, es war letzten Dienstag.«

»Judd. Ist das womöglich der Junge, dessen Mutter den Erzieherinnen vorwirft, mit den Kindern *Wer hat Angst vorm schwarzen Mann?* zu spielen?«

»Was? Keine Ahnung, Just. Tut sie das? Würde aber zu Mrs Bingham passen, die ist ein bisschen schräg. So gluckenmäßig. Die war auch mit im Zoo und wollte erst nicht, dass Judd seine Murmel mitnimmt. Ich glaube, er hatte die grüne. Weil das bah ist und da Bakterien dran sind. Aber dann fing Judd an zu weinen und da konnte die Gute dann doch nicht anders.«
Justus fuhr sich mit der Handkante über den Hals und Peter verstand. »Danke dir, Kleines, du hast uns sehr geholfen. Ich ruf dich an.«
»Gern doch. Bis dann!«
Der Erste Detektiv nickte seinen Freunden zu. »Ich würde sagen: Auf in den Zoo!«

Die Fahrt nach Santa Monica dauerte länger, als ihnen lieb war. Im zunehmenden Feierabendverkehr kamen sie oft nur im Schritttempo vorwärts. Als Bobs Käfer schließlich auf den großen Parkplatz des Zoos rollte, war es schon kurz nach sechs.
»Wie lange die wohl aufhaben?«, fragte sich Peter auf dem Weg zum Kassenhäuschen.
»Bis acht.« Bob zeigte auf ein Schild neben dem Verkaufsfenster.
Die drei ??? lösten ihre Tickets, die dank der vorgerückten Stunde ermäßigt waren, und betraten das Gelände des Zoos. Fremdartige Tierlaute waren zu hören, ein weit entferntes Brüllen, die Rufe exotischer Vögel und über allem lag ein leicht süßlicher Geruch, eine Mischung aus Popcorn, Blütenduft und dem, was Tiere so alles verströmen. Aber für all

das hatten die drei Jungen im Moment weder Ohren noch Nasen.
Justus ging zur Informationstafel neben dem Eingang und besah sich den Plan des Zoos. »Zum Elefantenhaus müssen wir da lang.« Er deutete nach rechts und marschierte los. Peter und Bob folgten.
Das annähernd runde Gehege der Dickhäuter mit dem imposanten Elefantenhaus in der Mitte des ausgedehnten Areals lag im Afrika-Teil des Zoos. Rechts daneben waren die Löwen untergebracht, links die Giraffen, weiter hinten schimmerten die rosafarbenen Federkleider von Flamingos durch die Büsche.
»Da sind die Bänke.« Peter steuerte auf die nächstgelegene Parkbank ganz links außen zu. Ein halbes Dutzend davon stand in einem weiten Halbkreis vor der Brüstung des tiefen Grabens, der den Elefantengarten umgab.
Die Jungen sahen unter jede der Bänke, suchten das Gebiet dazwischen ab, inspizierten den ganzen Bereich bis zu den Löwen und den Giraffen und guckten sogar in die Abfalleimer. Aber außer etwas Pinguinkot entdeckten sie nichts Aufschlussreiches.
»Das habe ich befürchtet«, sagte Justus und ließ seinen Blick schweifen. Peter und Bob taten es ihm gleich. Der ovale Kiesplatz, auf dem sie standen, Büsche, Bäume, Gehege, Tiere, eine riesige Holzskulptur in Form des afrikanischen Kontinents, ein paar Besucher, Futterautomaten, ein Infokasten. Gab es hier irgendetwas, das sie weiterbrachte?
Plötzlich kniff Bob die Augen zusammen. »Das habe ich doch schon mal irgendwo gesehen.« Er ging auf die Holz-

skulptur zu, Justus und Peter schlossen sich ihm an. »Und zwar nicht hier im Zoo.« Der dritte Detektiv, der sich auch für Kunst interessierte und einige Kenntnisse in diesem Bereich besaß, musterte das mannshohe und knapp einen halben Meter tiefe Holzgebilde. Der ›Schwarze‹ Kontinent, zusammengesetzt aus zahlreichen bunten Blöcken in Form der afrikanischen Staaten.

»Das Herz von Afrika. Schenkung von Tarek Shabana«, las Peter das gravierte Messingschild, das auf dem steinernen Sockel angebracht war. »Vor gut zehn Jahren hat er das Ding hier dem Zoo vermacht.«

»Tarek Shabana, Herz von Afrika«, murmelte Bob. »Ja, darüber habe ich schon mal was gelesen. Ein Künstler aus Ägypten, wenn ich mich recht erinnere. Ich glaube, er ist vor noch nicht allzu langer Zeit gestorben.«

Justus trat näher heran und betastete eine kreisrunde, etwa pflaumengroße Öffnung im Norden Kenias. »Diese Löcher hier sind merkwürdig.« Er fand ein weiteres im Osten von Mali, ein drittes im Herzen des Sudan. »Drei, vier, fünf, sechs Löcher insgesamt.«

Bob runzelte die Stirn. »Kenia ist rot gefärbt, Mali schwarz, der Sudan weiß, Ägypten golden, Sambia grün. Und der Nil mit dem sechsten Loch blau.«

Peter steckte seinen Zeigefinger in das blaue Loch. Die Bohrung führte leicht schräg abwärts. »Das geht weit hinein.« Er drehte sich zu seinen Freunden um. »Kollegen, denkt ihr das Gleiche wie ich?«

Justus und Bob nickten langsam.

Sie fuhren auf dem schnellsten Weg zurück zur Zentrale. Da die Bibliothek von Rocky Beach gleich schloss, mussten sie online recherchieren. Während Justus den Computer hochfuhr, stellte Bob schon einmal alle bisherigen Anhaltspunkte auf einem Blatt Papier zusammen. Die ersten beiden Einträge der Suchmaschine überflog der Erste Detektiv nur. Allgemeine Angaben zu Tarek Shabana, der tatsächlich vor zwei Jahren gestorben war, ein Film mit dem Titel *Das Herz von Afrika*. Aber schon der dritte Link hatte es in sich.

»Kollegen, hier.« Justus deutete auf den Bildschirm. »Das Herz von Afrika. Das ist auch der Name eines sagenumwobenen blauen Diamanten, der einst den Königen von Dotawo gehörte.«

»Dotawo?« Der Zweite Detektiv schüttelte den Kopf. »Nie gehört.«

»Ein nubisches Königreich im Mittelalter«, las Justus weiter, »das auf dem Gebiet des heutigen Ägypten und des Sudan lag.«

»Shabana kam aus Ägypten«, warf Bob ein.

Justus nickte. »Der Diamant gilt seit den 1960er-Jahren als verschollen. Damals wurde das Gebiet des früheren Dotawo für den Bau eines Stausees geflutet.«

»Steht da auch, wie groß der Klunker war?«, fragte Peter.

»Man schätzt, über 100 Karat.« Der Erste Detektiv dachte kurz nach. »Je nach Schliff würde das einen Marktpreis von 10 Millionen Dollar und mehr bedeuten.«

Peter und Bob schnappten gleichzeitig nach Luft.

»10 … Millionen?«, stammelte Peter. »Heiliges Kanonenrohr!«

Bob zeigte zum Bildschirm. »Da war doch noch ein Link zu einem Video. Ich glaube, das habe ich mir damals auch angesehen. Klick da mal drauf, Just!«
Der Erste Detektiv ging zum Eintrag der Suchmaschine zurück, öffnete die Website mit dem Video und startete den Film. Er zeigte Tarek Shabana bei der Übergabe seiner Skulptur im Zoo von Santa Monica vor zehn Jahren. Feierliche Worte, viele grinsende Gesichter, viel Händeschütteln. Shabana, ein groß gewachsener Mann mit funkelnden schwarzen Augen, war die Ruhe selbst und ließ die Prozedur gelassen und ein wenig erheitert über sich ergehen. Aber am Ende des Videos trat er einen Schritt nach vorne, sah direkt in die Kamera und sagte mit dunkler, geheimnisvoll klingender Stimme: »Hier ruht das Herz von Afrika, das offenbar wird, wenn die Kinder die Farben meiner Heimat in vollendeter Form an ihren vorbestimmten Platz zu bringen wissen.«
Die drei ??? schwiegen einen Moment.
Dann sprach Peter aus, was sie alle schon im Zoo vermutet hatten: »Die Murmeln. Rot, Grün und so weiter. Die passen genau in die Löcher, oder wie seht ihr das?«
Der Erste Detektiv tippte noch etwas in die Tastatur, eine weitere Internetseite ging auf. »Rot, Grün, Weiß, Schwarz und Gold. Die Nationalfarben Ägyptens und des Sudan. Des Gebiets des einstigen Dotawo. Der Heimat des Diamanten.«
»Und der Heimat Shabanas«, ergänzte Bob.
Peter machte eine ungeduldige Geste. »Murmeln! Kugeln! Vollendete Form! Die Murmeln sind es, die an ihren vorbe-

stimmten Platz gehören, oder? Die rote ins rote Loch, die grüne ins grüne und so weiter!«

»Und dann?« Justus knetete seine Unterlippe. »Hier ruht das Herz von Afrika, das offenbar wird …«

»… wenn die Kinder die richtigen Farben an den richtigen Platz bringen«, fuhr Peter fort.

»Wieso die Kinder?« Justus knetete konzentriert weiter.

»Ist doch egal! Shabana hat in diesem Riesenholzding das Herz von Afrika versteckt! Und wenn man die Murmeln reinschmeißt, kommt der Diamant raus! Darauf hat es der schwarze Kerl abgesehen, der bei den Kindern eingestiegen ist!«

»Aber wie passt das zusammen?«, fragte Justus. »Woher hatte Shabana den Diamanten? Wieso Kinder? Woher weiß der Einbrecher von alldem? Wieso hat Shabana den Diamanten überhaupt versteckt? Wie kamen die Murmeln in den Zoo?«

»Das werden wir aufklären.« Bob griff nach dem Telefon. »Wenn unsere Vermutungen stimmen, gibt es im Moment allerdings viel Wichtigeres zu tun. Hier, Peter! Ruf Kelly an! Vielleicht weiß sie, wie die drei anderen Kinder mit Nachnamen heißen und wo sie wohnen. Unser schwarzer Mann plant sicher schon seinen nächsten Besuch.«

Der Zweite Detektiv wählte Kellys Nummer. Es klingelte sehr lang und Peter wollte schon auflegen, als Kelly doch noch ranging.

»Ja, hallo?« Ihre Stimme hörte sich leise und merkwürdig dünn an.

»Hi, Kleines, ich bin's. Alles in Ordnung? Du klingst komisch.«

»Jaja.«
»Wie jaja?« Peter sah seine Freunde verwundert an. »Bist du krank? Geht's dir nicht gut?«
Ein kurzes Zögern. Dann sagte Kelly: »Nein. Aber du … weißt doch, dass ich für die Mathe-Olympiade büffeln muss.« Sie lachte gekünstelt. »Ich hab den Kopf voller Zahlen und jetzt echt keine Zeit für einen Plausch. Ich ruf dich an. Tschüs.«
Peter starrte den Hörer an. Dann machte es klick bei ihm. Er sprang auf. »Wir müssen sofort zu Kelly! Da stimmt was nicht!«
»Stimmt was nicht?«, echote Bob.
»Sie lernt für die Mathe-Olympiade? Kelly ist in Mathe eine noch größere Niete als ich. Sie hasst Mathe!«

Als die drei ??? zehn Minuten später an Kellys Haus vorbeifuhren, brannten alle Lichter. Aber die Garage stand offen und war leer. Dafür stand vor der Einfahrt ein fremdes schwarzes Motorrad.
»Sind ihre Eltern ausgegangen?«, fragte Justus.
Peter zuckte die Achseln. »Ich weiß es nicht.«
Bob parkte ein Stück weiter die Straße hinab. Die drei liefen zurück und beobachteten von der anderen Straßenseite aus unauffällig die Fenster. Eine Zeit lang bemerkten sie nichts, aber plötzlich huschte ein großer, schwarzer Schatten an einem der oberen Fenster vorbei.
»Verdammt!«, presste Peter durch die Zähne. »Das ist Kellys Zimmer! Kommt mit! Die Tür durch die Garage ist meistens nicht abgeschlossen!«

Die drei Jungen eilten geduckt über die Straße und in die Garage. Ganz vorsichtig drückte Peter die Klinke der Verbindungstür ins Haus nach unten. Sie war unverschlossen! Vor ihnen lag der hell erleuchtete Flur. Sein Anblick jagte den Jungen einen kalten Schauer über den Rücken. Die Türen des Garderobenschranks hingen schief in den Angeln, die Schubladen einer Kommode lagen auf dem Boden, ihr Inhalt war über den ganzen Boden verstreut. Die drei ??? schlichen hintereinander zur Treppe.

Spätestens hier wurde wieder einmal deutlich, dass Kellys Vater ein ausgemachter Westernfan war. Alles, was mit Cowboys und Indianern zu tun hatte, interessierte ihn brennend. Links an der Wand hingen Tomahawks und ein großes Kalumet, rechts zwei Speere, ein Federschmuck und weiter unten direkt neben Bobs Kopf ein altes Lasso.

Im Haus war es still. Vollkommen still. Was die drei Jungen irritierte. War der Schattenmann ausgeflogen? Und Kelly? Was war mit ihr? Peter wollte schon ihren Namen rufen, als ihm Justus die Hand auf den Mund legte.

Da war ein leises Klicken zu hören gewesen! Oben! Als hätte jemand ein Kästchen geöffnet. Dann hörten sie ein raues »Ja!«, Schritte, die sich näherten – und in der nächsten Sekunde stand der schwarze Mann am oberen Treppenabsatz und starrte auf sie herunter!

»Was zum Teufel?«, stieß der Mann hervor. Ein pechschwarzer Umhang fiel bis zu den schweren Stiefeln hinab, auf seinem Kopf saß ein schwarzer Motorradhelm mit undurchsichtigem Visier und in seiner Hand glänzte eine große blaue Murmel.

»Sie haben keine Chance!«, schleuderte ihm der Zweite Detektiv wütend entgegen. »Wir sind zu dritt! Kelly? Geht's dir gut?«
»Das werden wir ja sehen!« Der Mann riss einen der Speere von der Wand und zielte damit auf die Jungen. »Keine falsche Bewegung! Einen von euch treffe ich ganz bestimmt!«
Peter verstummte. Justus und Bob wichen einen Schritt zurück. Von oben drang ein gepresstes Stöhnen zu ihnen. Offenbar hatte der Kerl Kelly geknebelt.
»Ich sehe, wir verstehen uns.« Der Mann kam mit hocherhobenem, auf sie gerichtetem Speer langsam die Stufen herab. »Ihr lasst mich jetzt schön vorbei und nach draußen, dann passiert euch nichts.«
»Wir wissen aber, was … Aua!«
Justus trat Peter auf den Fuß.
»Was wisst ihr?« Der Mann hielt inne.
»Dass Sie … mit dem Motorrad hier sind!«, erwiderte der Erste Detektiv.
Der schwarze Mann lachte trocken. »Sehr clever. Aber wenn ihr genau hingesehen hättet, hättet ihr bemerkt, dass ich das Kennzeichen ein wenig … umgestaltet habe. Für alle Fälle. Und jetzt macht Platz!«
Die drei Jungen hatten keine Wahl. Mit finsteren Blicken mussten sie mit ansehen, wie sich der Unbekannte an ihnen vorbeischob. Dann drehte er sich um, damit er sie im Auge behalten konnte, bewegte sich rückwärts zur Haustür, schlüpfte ins Freie und ließ die Tür krachend ins Schloss fallen.
»Na warte!« Peter nahm das Lasso von der Wand und spurtete zur Tür.

»Zweiter, was hast du vor?«, rief Bob.
»Einen Hornochsen einfangen!«
Der Ganove war bereits an seinem Motorrad angekommen, als die drei Jungen aus dem Haus stürzten. Peter würde nur einen Versuch haben. Der Zweite Detektiv schwang im Laufen das Lasso über seinem Kopf.
»Lass gut sein, Peter. Wir kriegen ihn bei den anderen Kindern«, sagte Justus.
»Ich krieg diesen Mistkerl jetzt!«
Das Motorrad sprang mit einem tiefen Röhren an. Als der Mann den Gang einlegte, sah er noch einmal zurück. In diesem Moment warf Peter das Lasso. Die Schlinge sauste durch die Luft, das Motorrad fuhr an. Doch Peter hatte viel zu fest geworfen, die Schlinge segelte weit über den Mann hinweg. Ein hässliches Lachen ertönte, dann schoss der Unbekannte davon.
»Verdammt!«, fluchte Peter.
»Lass los!«, schrie Justus im gleichen Augenblick und schlug seinem Freund das andere Ende des Lassos aus der Hand. Er hatte gesehen, was Peter in seinem Ärger völlig entgangen war: Als das Motorrad über die am Boden liegende Schlinge gefahren war, hatte sich das Seil aufgeworfen und begann nun, sich um die Kette und den hinteren Zahnkranz zu wickeln. Gerade als Peter das Lasso entglitt, stoppte das Motorrad abrupt, als wäre es gegen eine Wand geprallt, und der Gauner flog in hohem Bogen über den Lenker. Wie ein riesiger schwarzer Vogel schwebte er für eine Sekunde in der Luft, dann schlug er krachend auf dem Asphalt auf.

Am nächsten Abend lud Kelly ihre drei Retter in Luigis Eisdiele ein. Während sie sich durch Spaghetti-Eis, den Elvis-Becher und andere Köstlichkeiten schaufelten, erklärten ihr die Jungen, was die Polizei inzwischen herausgefunden hatte.
»Shabanas Galerist also!« Kelly nahm einen Schluck von ihrem Erdnuss-Karamell-Shake. »Und der hat aus Shabanas Nachlass von der ganzen Sache erfahren!«
»Genau. Aus einem Tagebuch. Das Shabana wegen seines plötzlichen Todes – er starb durch einen Schlangenbiss – nicht mehr vernichten konnte.« Peter zielte mit dem Löffel auf die Kirsche seines Ratzeputz-Royal. »Shabana hatte vor langer Zeit das *Herz von Afrika* in einer hölzernen Kiste gefunden, die im Schlamm des Stausees gelegen hatte. Und weil er sich aus Geld nichts machte, andererseits aber genau wusste, was los wäre, wenn er diesen Fund meldete, hat er ihn geheim gehalten und sich seine Maschine ausgedacht.«
»Dieses Holzding im Zoo.«
»Wobei die Bezeichnung Maschine nicht ganz korrekt ist«, wandte Justus ein. »Es handelt sich um eine hochkomplexe Mechanik, die im Inneren der hölzernen Skulptur in Gang gesetzt wird, wenn die jeweiligen Murmeln in die ihnen farblich zugehörigen Löcher gesteckt werden. Dadurch öffnet sich ein Geheimfach und befördert das *Herz von Afrika* zutage.«
Kelly dachte einen Moment nach. »Und Shabana hat irgendwelchen Kindern in Ägypten und im Sudan die Murmeln in die Hand gedrückt, weil er das Schicksal des Diamanten in die Hand von Kindern legen wollte?«
Bob nickte. »Erikson, dieser Galerist, gab an, dass Shabana

in Sachen Geld und Besitz immer schon einen schrägen Humor hatte.«
»Irre!« Kelly schüttelte den Kopf. »Und als Erikson von der ganzen Sache erfuhr, hat er sich auf die Suche nach den Murmeln gemacht?«
»Fast zwei Jahre hat es ihn gekostet, die Kinder anhand der sehr vagen Angaben dazu in Shabanas Tagebuch zu finden«, erwiderte Peter. »Und dann kullern sie dieser Knalltüte im Zoo aus einem Loch in seiner Jackentasche!«
Alle lachten. Der Schock Eriksons musste gewaltig gewesen sein, als er feststellte, dass die Murmeln auf einmal weg waren. Die eintreffende Streifenhörnchengruppe hatte seinen Versuch durchkreuzt, sich das *Herz von Afrika* zu holen. Erikson hatte sich hektisch zurückgezogen und erst am Ausgang gemerkt, dass er dabei ein Loch in seine Tasche gerissen hatte. Und dann konnte er aus einem Gebüsch heraus nur noch mit ansehen, wie die Kinder eine Murmel nach der anderen einsammelten und mitnahmen.
»Die Idee mit dem schwarzen Mann war dann aber einigermaßen clever«, befand Bob. »Da bis auf die Murmeln nichts fehlte und keine Einbruchsspuren vorhanden waren, mussten die Eltern der Kinder erst einmal denken, dass ihre Sprösslinge schlecht geträumt hatten. Und Murmeln gehen ja leicht verloren.«
»Genauso clever wie deine Idee mit der Mathe-Olympiade!« Peter lächelte seiner Freundin zu.
Kelly verdrehte die Augen. »Mathe!«
Der Zweite Detektiv deutete auf Justus. »Übrigens noch mal danke für den Tritt.«

»Gern geschehen, jederzeit wieder.«
»Welcher Tritt?«, fragte Kelly.
»Ach, ich Idiot war gerade dabei, Erikson zu verraten, dass wir seinen Plan durchschaut hatten. Aber dann wäre er vermutlich nicht so ohne Weiteres von dannen gezogen. Dann hätte er sich etwas mit uns überlegen müssen. Und mit dir.«
»Stimmt, jetzt, wo du's sagst. Er hat mich auch gar nicht nach der Murmel gefragt, sondern wortlos angefangen zu suchen.«
»Damit du nicht weißt, worum es ihm geht«, erkannte Bob. »Dass du die blaue Murmel hattest, hättest du uns aber schon verraten können. Das hätte uns und dir vermutlich einiges erspart.«
»Ihr habt nur gefragt, welche Kinder Murmeln haben«, verteidigte sich Kelly. »Von mir war nie die Rede. Und ich wusste ja nicht, dass die Dinger so gefährlich werden können. Das ahnte ich erst, als dieser Typ auf einmal in meinem Zimmer stand.«
Bob wischte sich mit einer Serviette den Mund ab. »Tja, und wie geht's jetzt weiter? Was denkt ihr? Erikson wird sicher hinter Gitter wandern. Aber wird auch Shabanas Geheimnis gelüftet werden?«
Kelly grinste. »Kann ich mir schwer vorstellen. Frida hat ihre Murmel zwar gegen eine Safari-Barbie eingetauscht. Aber Tyler hat angeblich damit gedroht, seine zu verschlucken, als Mrs Wells sie ihm abluchsen wollte. Freiwillig rückt der sie nie und nimmer raus. Und die Eltern der anderen Kinder bestehen darauf, dass man ihren Lieblingen ihre Murmeln wieder zurückgibt.«

»Na ja«, meinte Peter. »Aber in ein paar Wochen ist ein neues Spielzeug angesagt, da sind den Kiddis die Murmeln völlig egal, dann können Zoo und Polizei überlegen, was sie aus der Sache machen.«

»In ein paar Wochen weiß keines der Kinder mehr, wo es seine Murmel irgendwann mal reingestopft hat! Und die Eltern erst recht nicht!« Kelly verzog skeptisch den Mund.

Justus kratzte den Rest seines Elvis-Bechers zusammen. »Vielleicht ist das auch gut so. Es war sicher nicht in Tarek Shabanas Sinne, dass Kinder übervorteilt oder zwangsenteignet werden, um anschließend das Herz von Afrika in einer glamourösen Feier geltungssüchtiger Amtsträger wieder in den Kreislauf des schnöden Mammons zu überführen.«

Kelly, Peter und Bob sahen den Ersten Detektiv eine Weile verwundert an. Dann sagte Peter voller Mitleid: »Weißt du, Erster, wenn du dir nicht endlich mal angewöhnst, wie wir Normalsterbliche zu reden, dann sehe ich für deine Zukunft wirklich schwarz! Pechschwarz!«

Schwarze Seelen

»Ellen ist ein gewissenloses Lügenmaul!« Helen griff nach ihrem Glas und sog mit spitzen Lippen am Strohhalm ihres alkoholfreien Cocktails. »Sobald sie ihren Mund aufmacht, kommen nichts als abstruse Unwahrheiten daraus hervor!«

Geschockt über diese ruppige Eröffnung ihrer Unterhaltung hätte sich Peter beinahe an seinem Bananensaft verschluckt.

»Wer um alles in der Welt ist Ellen?«, wollte er von der jungen Frau wissen, die an diesem frühen Abend mit den drei Detektiven in dem Club *Flying Angel* zusammensaß, um den Jungen einen brisanten Fall zu übertragen. Aus Jugendschutzgründen mussten Justus, Peter und Bob die Cocktailbar um zweiundzwanzig Uhr wieder verlassen, aber bis dahin standen ihrer Klientin noch über drei Stunden zur Verfügung. Also mit Sicherheit genug Zeit, um die Angelegenheit in allen Einzelheiten zu erörtern.

»›Pseudologia phantastica‹ nennt man das«, ereiferte sich Helen, die Peters Frage gar nicht mitbekommen zu haben schien. »Anders kann ich mir beim besten Willen nicht erklären, weshalb meine Schwester all ihren Mitmenschen ständig falsche Wahrheiten auftischt.«

»Verstehe.« Justus setzte sein Glas auf dem Tisch ab und blickte vielsagend in die Runde. »Damit wären zwei Fragen schon einmal geklärt: Ellen ist Ihre Schwester, und Ihrer Aussage nach, Helen, scheint es sich bei ihr um eine Person zu handeln, der es mit ihren Lügen vor allem darum geht, die Aufmerksamkeit anderer auf sich zu ziehen.«

Der jungen Frau blieb überrascht der Mund offen stehen. »Du kennst sie doch nicht etwa, Justus?«

Auch Bob blickte seinen Freund nun fragend an. Doch Justus wehrte mit einer kurzen Handbewegung ab. »Mitnichten, Helen. Aber aus einigen Fachbüchern ist mir der Begriff ›Pseudologia phantastica‹ – also die wissenschaftliche Bezeichnung für krankhaftes Lügen – durchaus geläufig. Im Vordergrund dieser Marotte steht ein gesteigertes Geltungsbedürfnis. Die betroffenen Menschen berichten häufig von Geschehnissen, die recht unwahrscheinlich klingen – jedoch häufig einen wahren Kern enthalten. Die sogenannten Pseudologen steigern sich oft so sehr in ihre Lügengeschichten hinein, dass sie selbst anfangen, an die erfundenen Ereignisse zu glauben. Anders als bei Notlügen finden sich jedoch keine konkreten Anlässe, die dieses sonderbare Verhalten erklären.«

»Wie ich sehe, bin ich bei euch an der richtigen Adresse!« Helen schenkte dem Ersten Detektiv ein bewunderndes Lächeln. »Zumindest bei dir, Justus!«

Ein demonstratives Räuspern von Peter ließ die junge Frau kurz zusammenfahren. »Keine Sorge«, versuchte sie ihre unbedachte Äußerung zu korrigieren und klopfte dem Zweiten Detektiv beschwichtigend auf die Schulter. »Euch beiden wird sich sicherlich auch noch eine Gelegenheit bieten, euch in diesem Fall zu profilieren. Dennoch lasst mich noch hinzufügen, dass es sich bei Ellen um mehr als meine Schwester handelt: Wir sind Zwillinge! Und damit ist nicht das Tierkreiszeichen gemeint.«

Bob grinste kurz. »Und worin besteht nun das Problem, Helen? Ich meine, weshalb wollen Sie die Dienste der drei Detektive in Anspruch nehmen?«

»Weil mich meine ach so geschätzte Schwester morgen aller Wahrscheinlichkeit nach vor meinem Vater als Lügnerin hinstellen und behaupten wird, ich würde an Wahnvorstellungen leiden und sei paranoid!«

Justus horchte irritiert auf. »Könnten Sie das bitte näher erläutern?«

Helen senkte die Stimme zu einem Flüstern, als spreche sie von einer Geheimverschwörung. »Es geht um das Erbe unseres Vaters. Ich habe meine Schwester in der Küche auf frischer Tat dabei ertappt, wie sie gerade versuchte, den verschlossenen Umschlag seines Testaments im Wasserdampf eines Kochtopfes zu öffnen!«

Im ersten Moment glaubten die drei Detektive, sich verhört zu haben. Doch Helens hasserfüllter Gesichtsausdruck machte klar, dass dies keineswegs der Fall war.

»Und wie hat Ihre Schwester reagiert?«, wollte Justus wissen.

Helen ballte ihre Hände zu Fäusten. »Wie immer hat dieses üble Subjekt natürlich versucht, mich für blöd zu verkaufen! Ruckzuck ließ sie den Umschlag hinter ihrem Rücken verschwinden, begrüßte mich kurz und deutete dann mit der anderen Hand zum gegenüberliegenden Küchentresen, auf dem ihre Zigarette in einer Teetasse vor sich hin glimmte. ›Himmel, hast du mich erschreckt!‹, raunzte sie mich an. ›Ich dachte schon, Dad sei frühzeitig von seinem Skattreffen heimgekehrt! Kannst du schnell die Zigarette ausmachen und die Tasse auswaschen? Du weißt ja, er mag es gar nicht, wenn hier geraucht wird!‹«

Bob blickte verächtlich. »Mit dieser Aufgabe wollte sie Sie natürlich schnell ablenken, um den Umschlag mit dem Testament verschwinden zu lassen.«
»So ist es«, bestätigte Helen. »Zu diesem Zeitpunkt wusste ich zwar noch nicht, um welch brisantes Schriftstück es sich da handelte, aber ich war sofort misstrauisch geworden. Zum Glück bin ich nicht von gestern und weiß daher, dass man einen Betrüger vorerst in dem Glauben lassen sollte, dass man ihm sein Lügenkonstrukt abkauft, um ihn in Sicherheit zu wiegen.«
»Das ist clever!«, lobte Justus Helens Schilderung. »Wie sind Sie dann schließlich dahintergekommen, dass es sich bei dem Umschlag um das Testament Ihres Vaters handelte?«
Die Augen der jungen Frau begannen vielsagend zu funkeln. »Wenn Helen mich reinlegen will, muss sie schon früher aufstehen! Ich kenne ihre raffinierte Vorgehensweise doch schon von Kindheit an. Andere mag sie damit täuschen können, aber nicht ihre eineiige Zwillingsschwester! Ich habe also ihren Auftrag ausgeführt und die Spuren in der Teetasse beseitigt, konnte dabei aber gleichzeitig in der Scheibe des Küchenfensters ganz genau beobachten, was sie hinter meinem Rücken tat!«
»Und was konnten Sie in der Scheibe sehen?«, wollte Peter wissen.
Helen legte triumphierend die Hände aneinander. »Ellen kam sich wahnsinnig schlau vor. Sie griff auf der Küchenplatte nach einer Zeitung, ließ den Umschlag darin verschwinden und zog sich dann mit den Worten ›Ich muss mal kurz aufs Klo!‹ auf das stille Örtchen zurück.«

Bobs Gesicht erhellte sich. »Verstehe. Sie wollte den Umschlag unbedingt öffnen, solange die Klebestelle vom Wasserdampf noch feucht war.«

»Nachvollziehbar«, warf Justus ein. »Wie ging es dann weiter?«

Helen begann nervös an ihrem Strohhalm herumzuspielen. »Auch wenn dies sonst nicht meinem Niveau entspricht, habe ich daraufhin durchs Schlüsselloch beobachtet, wie sie ohne Skrupel den Umschlag öffnete und das Testament Punkt für Punkt akribisch durchging. Auf der Toilette sitzend!« Ihre Lippen bebten. »Das muss man sich mal vorstellen!«

Peter verzog das Gesicht. »Manchmal gibt es Dinge, die möchte man sich gar nicht vorstellen. Aber erzählen Sie weiter, Helen!«

»Ich war vom Verhalten meiner Schwester derart geschockt, dass ich zunächst gar nicht wusste, wie ich darauf reagieren sollte. Dann entschied ich mich, erst einmal weiter die Ahnungslose zu spielen. Ich rief ihr durch die Tür zu, dass ich in den Garten gehen wolle, um dort die Pflanzen zu gießen. Das zu tun hatte ich meinem Vater auch tatsächlich versprochen, und somit war das nicht einmal geflunkert. Seit dem Tod unserer Mutter hat Dad körperlich stark abgebaut, sodass ich ihm hin und wieder solche Tätigkeiten abnehme.«

»Vorbildlich, Helen. Ich vermute dennoch«, schlussfolgerte der Erste Detektiv, »dass der Gang in den Garten von Ihnen nur eine Finte war, richtig?«

Sie nickte anerkennend. »So ist es. Hinter den dichten Sträuchern war es für mich nämlich ein Leichtes, durch die verglaste Front des Wintergartens mit anzusehen, wie Ellen kurze Zeit später zum Schreibtisch unseres Vaters schlich, die geöffnete Lasche des Umschlags mithilfe eines Klebestifts wieder verschloss und das Schriftstück dann zurück in das Geheimfach des Sekretärs legte. Danach rief sie mir in den Garten hinaus zu, sie müsse noch die Katzen einer verreisten Freundin füttern, und verschwand.«

»Was für eine Nummer«, kommentierte Bob trocken und legte nachdenklich die Stirn in Falten. »Dennoch möchte ich meine Frage von vorhin wiederholen, weshalb Sie sich nun an uns wenden?«

»Dazu komme ich ja jetzt!«, reagierte die junge Frau überraschend gereizt, während sie fahrig durch ihre Haare strich. »Jetzt könnt *ihr* mich ja vielleicht als paranoid bezeichnen, aber irgendetwas ist seit diesem Vorfall arg aus dem Ruder gelaufen.« Sie schnappte kurzatmig nach Luft. »Heute Morgen rief mich mein Vater an. Und sein Tonfall ließ nichts Gutes vermuten. Die Nachricht lautete kurz und bündig: Morgen Nachmittag um sechzehn Uhr mögen Ellen und ich uns in unserem Elternhaus einfinden. Es gehe um eine sehr ernste Familienangelegenheit.«

»Oha«, stieß Bob mit einem Seufzer aus. »Was vermuten Sie, worum es sich dabei handeln könnte?«

»Das liegt ja wohl klar auf der Hand!« Helen war sichtlich bemüht, ihre Fassung zu bewahren. »Offenbar hat mein Vater bemerkt, dass sich jemand Einblick in sein Testament verschafft hat, und nun will er die Schuldige zur Rede stellen. Dessen bin ich mir ganz sicher!«

»Und worin besteht da ein Problem?«, wollte Justus wissen.

»Sie haben doch eine reine Weste und können die Sache in null Komma nichts aufklären.«
Helen lachte unverhohlen auf. »Deinen Worten entnehme ich, dass ihr euch nicht im Geringsten vorstellen könnt, wie durchtrieben und geschickt es meine Schwester versteht, die Wahrheit zu verdrehen und den Unschuldigen plötzlich als Schuldigen hinzustellen. Sie beherrscht die Manipulation wie ein Vollprofi. Und davor habe ich die größte Angst.«
Bob schaute auf. »Jetzt sehe ich endlich klar. Sie wollen, dass wir Sie morgen zu diesem Treffen begleiten und sozusagen als Schiedsrichter tätig sind.«
»So ist es«, bestätigte Helen bestimmt. »Ich bin bereits jetzt emotional derart aufgeladen, dass ich befürchte, mich morgen nicht mehr im Griff zu haben und den Behauptungen meiner Schwester nichts anderes als Wut entgegensetzen zu können. Daher ist mir die Anwesenheit von drei hellen Köpfen, die sich nicht durch ausgeklügelte Lügen aus dem Konzept bringen lassen, extrem wichtig!«
Justus sah seine Freunde kurz an, die seinem fragenden Blick mit einem kurzen Nicken zustimmten, und wandte sich dann wohlwollend ihrer Auftraggeberin zu. »Einverstanden, Helen. Wir werden uns morgen pünktlich um sechzehn Uhr in Ihrem Elternhaus einfinden, um uns ein eigenes Bild von dieser Geschichte zu machen. Allerdings appelliere ich dabei an Ihre Vernunft, soweit es Ihnen möglich ist, Ihren Zorn im Zaum zu halten, denn die drei Detektive sind stets darum bemüht, ihre Fälle friedvoll und mit Bedacht zu klären.«
»Ich werde mein Bestes geben«, ließ die junge Frau mit Zuversicht verlauten. »Und weil ich schon jetzt an euren Erfolg

glaube, die Dinge richtigzustellen, gehen eure Drinks auf *meine* Rechnung!« Sie erhob sich vom Platz und entnahm ihrer Handtasche eine Geldbörse sowie eine Packung Zigaretten. »Jetzt lasst uns diesen Schuppen hier verlassen. Mir ist dringend nach einer Zigarette zumute, aber in diesem feinen Lokal herrscht ja strengstes Rauchverbot.«

Als die drei Detektive am nächsten Tag pünktlich um sechzehn Uhr mit Helen in deren Elternhaus in Santa Barbara eintrafen, saßen ihr Vater und Ellen mit eisigem Gesichtsausdruck bereits im Wohnzimmer am Esstisch und tauschten beim Anblick der Jungen irritierte Blicke aus. Die Begrüßung fiel sehr unterkühlt aus.

Ellen glich ihrer Schwester Helen wie ein Ei dem anderen. Und auch stimmlich war das Zwillingspaar kaum voneinander zu unterscheiden. Zu allem Überfluss trugen die beiden zudem noch das gleiche schulterfreie Sommerkleid sowie identische Sandalen.

»Lasst mich zunächst erklären, was es mit den drei Herren auf sich hat«, begann Helen das Gespräch und wies Justus, Bob und Peter mit einer galanten Geste an, auf dem opulenten Ledersofa Platz zu nehmen. Anschließend zupfte sie verunsichert ihr Kleid zurecht. »Wenn es sich bei dieser Unterredung *nicht* um dein Testament handeln sollte, Dad, werde ich die drei Detektive gleich wieder hinausbitten. Aber weil ich vermute, dass –«

»Da hast du direkt ins Schwarze getroffen, meine Tochter«, fiel ihr ihr Vater mit ernstem Unterton ins Wort. »Und dieses Wissen deinerseits bestätigt meine schlimmste Vermutung.«

Ehe Helen auf die Äußerung ihres Vaters auch nur im Ansatz reagieren konnte, fuhr ihre Schwester empört vom Stuhl hoch. »Wie bitte, Detektive? Was um alles in der Welt hat das zu bedeuten?«
Auch Justus erhob sich und hielt damit ebenfalls Helen von einer Erwiderung ab. »Bevor es hier gleich zu einer heftigen Debatte kommt, Sir, dürfte ich vielleicht mal Ihre Toilette aufsuchen?« Er räusperte sich verlegen.
Der Vater nickte kurz und deutete in Richtung Vorhalle. »Zweite Tür rechts.«
Als Justus den Raum verlassen hatte, trat Ellen ans Sofa heran und baute sich misstrauisch vor Bob und Peter auf. »Sagt ihr es mir: Weshalb hat Helen euch hierhergeschleppt?«
»Damit wir uns vor Ort ein Bild von der verfahrenen Situation machen können, in der Sie drei offensichtlich stecken. Und notfalls als neutrale Schiedsrichter fungieren können«, gab Bob offen Auskunft.
»Wir haben schon oft verzwickte Fälle lösen können«, fügte Peter hinzu. »Wenn Ihnen beiden das aber nicht passen sollte …«
Ellen verschränkte demonstrativ die Arme. »Es passt mir ganz und gar nicht, dass ihr hier seid. Wenn euer Freund von der Toilette zurückkommt, macht ihr euch unverzüglich vom Acker, verstanden?«
Peter wollte sich schon vom Sofa erheben, als der Vater impulsiv die Faust auf den Tisch niedersausen ließ. »In meinem Haus bestimme noch immer *ich*, Ellen! Was muss ich mir von dir und Helen denn *noch* alles bieten lassen!?«
Ausgelöst durch das energische Machtwort herrschte im

Raum für einige Sekunden angespannte Stille. Schließlich strich sich der Vater durch den dichten Vollbart und blickte ernst in die betroffene Runde. »Es wäre vielleicht wirklich von Vorteil, wenn die Jungen als Beobachter vor Ort blieben. Wir drei sind gerade so aufgewühlt, dass es sicher nicht schaden könnte, wenn …« Er wandte sich an Bob. »Du hast es vorhin so treffend ausgedrückt: wenn ihr als neutrale Schiedsrichter fungiert.«

»›Neutrale Schiedsrichter!‹«, giftete Ellen erneut. »Dass ich nicht lache! Die drei stecken doch garantiert mit Helen unter einer Decke!«

In diesem Moment kehrte Justus ins Wohnzimmer zurück und ließ sich wieder zu seinen Freunden aufs Sofa sinken. »Wir geben Ihnen unser Wort darauf, dass wir Helen erst seit gestern kennen, Ellen«, erklärte er gelassen. »Die drei Detektive sind ein äußerst seriöses Unternehmen. Für schmutzige und zwielichtige Aufträge sind wir nicht zu haben. Bitte nehmen Sie das zur Kenntnis.«

Missmutig presste Ellen ihre Lippen aufeinander.

»Ich habe bereits erklärt, dass eure Anwesenheit hier ausdrücklich erwünscht ist«, ließ der Vater verlauten. »Und nun sollten wir endlich zur Sache kommen.« Er atmete schwer. »Gestern Morgen erhielt ich einen Anruf von Ellen. Sie war sehr aufgeregt und erzählte mir …« Er hielt kurz inne. »Vielleicht solltest du es besser selbst noch einmal wiedergeben, Ellen.«

»Wie du meinst, Dad.« Helens Schwester kehrte zu ihrem Stuhl zurück und setzte sich wieder an den Tisch zu ihrem Vater. »Vorgestern Nachmittag, ziemlich genau um die gleiche Zeit wie jetzt, bin ich nach dem Joggen hierhergekommen, um die Pflanzen im Garten zu gießen. Nichts ahnend kam ich ins Haus und traf in der Küche überraschend auf Helen.«

Ellens Schwester glaubte ihren Ohren nicht zu trauen. »Wie bitte?! Das war ja wohl –«

»Lass deine Schwester bitte ausreden«, unterbrach sie der Vater bestimmt. »Fahr fort, Ellen.«

»Sie hatte auf dem Herd einen Topf mit kochendem Wasser aufgesetzt und hielt einen Briefumschlag über den aufsteigenden Dampf. Offenbar hatte sie mit meinem Eintreffen nicht gerechnet, denn sie fuhr bei meinem Anblick furchtbar erschrocken zusammen.«

Helens Gesichtsfarbe nahm binnen weniger Sekunden eine tiefrote Färbung an. »Das ist ja wohl die dreisteste Lüge, die ich jemals gehört habe!« Ihre Stimme überschlug sich vor Erregung.

»Wer schreit, hat unrecht«, erwiderte Ellen belehrend. »Außerdem hat Dad *mir* das Wort erteilt.«

Helen blieb vor Empörung der Mund offen stehen.

»Weiter im Text«, forderte der Vater seine Tochter auf.

Ellen fuhr fort: »Helen hatte offenbar im ersten Moment gedacht, dass du es wärst, der da plötzlich vor ihr in der Küche stand, Dad, obwohl du zum Skatspielen bei deinen Freunden sein solltest. ›Ich dachte schon, du wärst Dad‹, rief sie mit schriller Stimme. Da hat es natürlich sofort in meinem Kopf geklingelt: Was wäre schließlich daran so schlimm gewesen?! Mir wurde sofort bewusst, dass ich Helen dabei erwischt hatte, wie sie heimlich den verschlossenen Briefumschlag über dem Wasserdampf öffnete, zumal sie ihn sofort, als ich dort auftauchte, hinter ihrem Rücken versteckte. Aber meine liebe Schwester ist ja nie um eine raffinierte Ausrede verlegen! Mir gegenüber versuchte sie, ihren Schrecken damit zu erklären, dass sie in deiner Küche mal wieder heimlich geraucht hatte. Sie deutete auf die chinesische Teetasse auf der Anrichte, die sie zum Aschenbecher umfunktioniert hatte. Darin glimmte eine Kippe vor sich hin. In deiner Lieblingstasse! Sie bat mich, die Spuren schnellstens zu beseitigen, da du ja so ein militanter Nichtraucher bist.« Ellen holte kurz Luft.

»Du verdrehst unverfroren die Wahrheit!« Helen konnte ihre Wut kaum bremsen. »Es war genau umgekehrt!«

»Ruhig, Helen«, versuchte Justus die aufgebrachte Frau zu besänftigen. »Lassen Sie zuerst Ihre Schwester in allen Einzelheiten zu Wort kommen. Anschließend können Sie sich immer noch verteidigen.«

»Aber ich –«

»Bitte, Helen«, fuhr Peter ihrer Klientin ins Wort. »Es ist besser so.«

»Also schön.« Die junge Frau wischte sich resigniert den Schweiß von der Stirn.

»Eine begabte Schauspielerin, das muss man dir lassen«, gab Ellen zynisch von sich. »Leider bist du nicht clever genug. Du hast wohl gedacht, dass ich dein weiteres Vorgehen nicht mitverfolgen könne, wenn ich deine Kippe entsorge und die Tasse reinige, weil ich dir dabei den Rücken zuwenden musste. Aber da hast du dich zu früh gefreut, Schwesterchen!«

Die drei Detektive blickten sich entgeistert an. Keiner von ihnen hatte auch nur den blassesten Schimmer, was hier vor sich ging.

»In der Spiegelung des frisch geputzten Küchenfensters habe ich alles mit ansehen können«, fuhr Ellen triumphierend fort. »Wie du den Umschlag klammheimlich in eine gefaltete Tageszeitung geschoben und dich dann mit den Worten ›Ich muss mal kurz aufs Klo, Schwesterchen‹ auf die Toilette zurückgezogen hast. Mit der Zeitung wohlgemerkt und dem darin befindlichen Umschlag! Den wolltest du natürlich öffnen, solange die Klebefläche der Lasche von dem Wasserdampf noch feucht war.« Ihr Mitteilungsdrang war nun nicht mehr zu bremsen. »Ich habe daraufhin weiterhin die Ahnungslose gespielt, mich aber an die WC-Tür herangeschlichen und das weitere Vorgehen durchs Schlüsselloch beobachtet. Mein Schwesterherz saß da auf dem Klo und las unverfroren den Inhalt eines mir unbekannten Dokuments durch. Wenn ich also erfahren wollte, um was für ein Schriftstück es sich handelte – ohne Helen dabei zur Rede zu stellen –, musste ich schlau vorgehen. Also zog ich mich ein Stück zurück und rief ihr vom Flur aus zu, dass ich jetzt in den Garten gehen würde, um dort die Pflanzen zu gießen.«

»Genau das habe *ich* getan«, konnte Helen sich nun doch nicht mehr zurückhalten. »Und von dort, geschützt hinter einer dichten Hecke, habe *ich Ellen* observieren können und durch die Glasfront des Wintergartens deutlich gesehen, wie sie zu deinem Sekretär ging, Dad. Dort hat sie die Lasche des Umschlags mit einem Klebestift wieder verschlossen und ihn anschließend in das Geheimfach zurücklegt. *Sie* hat heimlich dein Testament gelesen, Dad!«

»Bist du jetzt schizophren geworden, oder was?« Wutentbrannt schoss Ellen auf ihre Schwester zu und verpasste ihr eine heftige Ohrfeige. »Für diese unverschämte Lüge sollte man dich windelweich prügeln! Es war alles genau *umgekehrt*!«

Diese Schmach ließ sich Helen nicht bieten. Sie holte zum Schlag aus und verpasste nun ihrerseits Ellen eine saftige Ohrfeige.

Zeitgleich sprangen Peter und Bob vom Sofa auf, eilten auf die beiden Furien zu und gingen schlichtend dazwischen.

»Sind Sie jetzt beide völlig übergeschnappt?!«, versuchte Bob die Eskalation unter Kontrolle zu bringen. »Das macht doch alles noch schlimmer! Nehmen Sie wenigstens Rücksicht auf Ihren Vater.«

Helen zitterte am ganzen Körper, während sich ihre Schwester die brennende Wange rieb.

»Ellen hat sich, nachdem sie den Umschlag zurückgelegt hatte, dann schnell und lapidar von mir verabschiedet, Dad«, setzte Helen zur weiteren Erklärung an. »Weil sie angeblich noch die Katzen einer Freundin füttern musste. Aber jetzt ist mir völlig klar, weshalb sie *tatsächlich* so überstürzt das Weite gesucht hat: Ich war so naiv zu glauben, sie unbemerkt beobachtet zu haben. Tatsächlich aber muss sie sich zusammengereimt haben, dass ich in der spiegelnden Scheibe und durchs Schlüsselloch alles mitansehen konnte, und hat deshalb das Weite gesucht. Nach ihrem Fortgang habe ich natürlich sofort im Sekretär nachgesehen, an welchem Schriftstück Ellen so brennend interessiert war. Mir ist der Umschlag vor Schreck beinah aus der Hand gefallen, als ich darauf deinen Namen gelesen habe, Dad, mit dem Zusatz ›Mein Letzter Wille‹.«

»Glaub ihr kein Wort!«, zischte Ellen ihrem Vater zu. »Sie verdreht alle Tatsachen und stellt mich als Lügnerin hin!«

Helen hatte für ihre Schwester nur noch verachtende Blicke übrig. »Wie konntest du das Daddy antun? Hast du denn überhaupt keinen Funken Anstand mehr? Und dann hattest du Angst, ich würde ihn von deiner Freveltat in Kenntnis setzen. Dem wolltest du zuvorkommen, indem du Dad gleich am nächsten Morgen die umgekehrte Version auftischtest: in der *ich* die gewissenlose Schwester sei, die unbedingt schon vorab wissen wolle, was Daddy uns zu welchen Teilen irgendwann vielleicht einmal vererben würde.«

Ellen blieb gefasst. Dennoch war ihre Stimme voller Hass. »Was für ein gerissenes Luder du doch bist! Dad und die drei jungen Herren mögen dir den Unschuldsengel vielleicht abkaufen, aber *ich* weiß nun endgültig, woran ich bei dir bin, und das ist für mich schon unabhängig davon, wie das hier weitergeht, eine Genugtuung!«

Ellens und Helens Vater sah betrübt zu Boden.

Justus trat langsam auf ihn zu. »Wie Sie wissen, Sir, sind wir als neutrale Beobachter hierherzitiert worden. Allerdings sind wir auch als Detektive tätig. Und deshalb würde ich gerne zur Klärung dieses unerfreulichen Falles einige Dinge anmerken.«

Der Vater blickte kurz auf. »Und die wären?«

»Wie Ihnen ebenfalls bekannt ist, habe ich heute als erste

Amtshandlung in Ihrem Haus den Toilettenraum aufgesucht. Also *die* Örtlichkeit, in der angeblich eine von Ihren beiden Töchtern das besagte Testament studiert hat.«
»Und?«, meldete sich Bob zu Wort. »Was hat dein Klobesuch mit der Sache zu tun, Erster?«
»Zumindest hat er mir schon einmal geholfen, die Frage zu klären, wodurch eine der beiden Schwestern bemerkt haben muss, dass ihre heimliche Aktion aus dem Ruder gelaufen und ihr die andere auf die Schliche gekommen war.«
Peter verdrehte genervt die Augen. »Musst du schon wieder in Rätseln sprechen, Just? Raus damit!«
»Nur zu gern«, entgegnete der Erste Detektiv selbstbewusst. »Als ich auf der Toilette saß, fiel mir auf, dass der Spalt unter der Tür äußerst breit ist und ein schmaler Streifen Licht von draußen auf den glänzend polierten Fußboden fällt – von einem Oberlicht im Flur, das der Toilettentür direkt gegenüberliegt. Da wir, Ellens Aussage nach, heute zum gleichen Zeitpunkt hier eintrafen wie vorgestern die zweite der beiden Schwestern und da auch vorgestern strahlender Sonnenschein herrschte, waren die Lichtverhältnisse also vergleichbar. Um es kurz zu machen, Kollegen: Auf der Toilette sitzend kann man durch den unteren Türspalt sofort sehen, wenn sich dort der Schatten einer Person bewegt.«
Bob stieß einen überraschten Pfiff aus. »Alle Achtung! Demnach hat Helen oder Ellen bemerkt, dass sie durchs Schlüsselloch beobachtet wurde und ihr Ablenkungsmanöver mit der Teetassen-Entleerung fehlgeschlagen war.«
»Eins verstehe ich dann aber nicht«, gab Peter zu bedenken. »Wenn Ellen oder Helen auf dem Klo das Nachspionieren

ihrer Schwester bemerkt hat, dann musste sie doch davon ausgehen, dass sie auch weiterhin beobachtet wird. Weshalb war sie da so dämlich, auf den Ich-geh-mal-in-den-Garten-Trick hereinzufallen, den Umschlag des Testaments auf dem Sekretär ihres Vaters in aller Ruhe zuzukleben und ihn anschließend wieder in das Geheimfach zu legen? Ihr musste doch klar sein, dass Helen oder Ellen von draußen alles sehen konnte.«

»Erstklassig kombiniert, Zweiter«, lobte Justus. »Doch du musst weiterdenken: Aus Helens oder Ellens Sicht war der Plan, das Testament unbemerkt in Augenschein zu nehmen, mit der Beobachtung durchs Schlüsselloch gescheitert. Sie war bereits aufgeflogen und musste demnach jederzeit damit rechnen, dass ihre Schwester sie bei ihrem Vater anschwärzen würde. Also entwarf sie blitzschnell einen neuen Plan und trat die Flucht nach vorn an. Sie klebte den Umschlag vor den lauernden Augen ihrer Schwester, die vom Garten aus alles mitverfolgen konnte, wie selbstverständlich wieder zu und legte ihn zurück in den Sekretär.«

»So weit waren wir ja schon mit unserer Theorie, Just«, drängte Bob ungeduldig. »Weshalb aber diese ganze Aktion vor den Augen der Schwester? Das ergibt für mich noch keinen Sinn.«

»Weil sie auf die teuflische Idee gekommen war, ihren Vater selbst zu informieren. Über den wahren Vorgang. Jedoch mit vertauschten Rollen.«

»Und damit hat sie sich jetzt selbst verraten!« Helen klatschte begeistert in die Hände. »Ich wusste, dass ich mich auf euch verlassen kann, Jungs! Denn da es Ellen war, die mich gestern per Telefonat bei meinem Vater angeschwärzt hat, ist die Schuldige somit überführt!«

»Davon träumst auch nur du«, gab sich Ellen nicht geschlagen. »Aber logisches Denken war ja noch nie deine Stärke!«

»Wie meinen Sie das?«, hakte Peter irritiert nach.

»In der Theorie mag das ja alles hinhauen.« Ellen blickte überlegen drein. »Aber wer will mir beweisen, dass es so und nicht andersherum abgelaufen ist? Helen hat euch drei doch nur hinzugezogen, um ihrem Auftritt als Gutmensch, der die Wahrheit ans Tageslicht bringen will, zu untermauern. Dabei hat sie euch ausschließlich für ihren bösartigen Plan benutzt und euch – manipulativ, wie sie nun mal ist – hinterhältig aufs Glatteis geführt! Natürlich habe ich Daddy über ihr skrupelloses Vergehen informiert. Aber nicht, weil ich ihr die Schuld in die Schuhe schieben wollte, sondern weil sie die Schuldige *ist*! Doch leider kann man auch das nicht beweisen.«

»Das würde ich nicht so ohne Weiteres sagen.« Bob trat langsam auf die Schwestern zu.

»Wie meinst du das?«, fragten beide gleichzeitig völlig regungslos.

»Wir haben einen guten Draht zu Inspektor Cotta von der Polizeidirektion Rocky Beach. Mit der Erlaubnis Ihres Vaters werden wir ihm den Umschlag mit dem darin enthaltenen Testament zur Prüfung vorlegen. Darauf wird er gewiss einige interessante Fingerabdrücke vorfinden.«

»Eine vortreffliche Idee, Bob!«, stimmte Justus zu. »Es gäbe aber sogar noch einen viel einfacheren Weg, unsere Wasserdampf-Testamentsöffnerin zu überführen. «

Der Vater blickte Justus ungläubig an. »Machst du jetzt Scherze, Junge?«
Justus schüttelte entschieden den Kopf. »Das würde ich mir angesichts der traurigen Lage niemals erlauben, Sir. Dennoch ist es wirklich ganz einfach. Sagen Sie, rauchen Ihre Töchter eigentlich beide?«
»Zu meinem Leidwesen ja. Und dazu noch viel zu viel. Aber weshalb willst du das wissen?«
»Reine Formsache«, entgegnete der Erste Detektiv und wandte sich dann dem Zwillingspaar zu. »Den beiden widersprüchlichen Aussagen nach wollte jeweils die eine Schwester die andere ablenken, um den Umschlag mit dem Testament unbemerkt in der gefalteten Tageszeitung verschwinden zu lassen, indem sie sie damit beauftragte, die Zigarette zu entsorgen. Helen bezeichnete uns gegenüber ihren Vater als einen militanten Nichtraucher. Ich gehe mal davon aus, dass diese Äußerung der Wahrheit entspricht, Sir?«
»Das ist zweifellos richtig. In meinem Haus herrscht absolutes Rauchverbot.«
»Ausgezeichnet«, reagierte Justus zufrieden, während er die Blicke der beiden Schwestern im Auge behielt. »Aus diesem Grund bin ich mir absolut sicher, dass die ausgedrückte Zigarette von Ellen oder Helen nicht einfach im Küchenabfalleimer entsorgt wurde, denn dort hätten Sie, Sir, ja beim Entleeren eventuell darauf stoßen können. Demnach musste auf die Schnelle ein anderer Ort gefunden werden, an dem die Zigarette unentdeckt verschwinden konnte. Beide Schwestern haben das Gleiche ausgesagt, nämlich dass sie mit dem Rücken zueinander standen. Während die eine der

beiden die andere durch die Spiegelung der Fensterscheibe beobachten konnte, wie sie den Umschlag in die Zeitung schmuggelte, war die Täterin viel zu sehr damit beschäftigt, unentdeckt zu bleiben. Somit dürfte diese Person keine Gelegenheit gehabt haben, mit anzusehen, wohin der Inhalt der Teetasse von der anderen entsorgt wurde.«

»Soll heißen, Justus?«, erkundigte sich Peter.

»Liegt das nicht klar auf der Hand?«, entgegnete dieser vielsagend. »Diejenige Schwester, die uns gleich sagen oder noch besser zeigen kann, wohin sie den Zigarettenstummel entsorgt hat, ist *nicht* diejenige, die den Umschlag mit dem Testament über dem Wasserdampf geöffnet hat.«

Bob staunte nicht schlecht. »Du bist genial, Justus! Das muss man dir einfach lassen!«

Einer der beiden Schwestern entwich plötzlich ein verärgerter Laut.

Peter stutzte. »Was haben Sie?«

»Zu dumm auch! Ich habe diesen verdammten Stummel in meine Hosentasche gestopft und unterwegs in einen Ascheimer geworfen.«

»Das darf doch nicht wahr sein!« Bob stöhnte laut auf und fuhr sich verstört durch die Haare. »Damit ist deine Theorie wohl hinfällig geworden, Erster.«

»Das glaubt auch nur sie.« Nun trat die andere Schwester an eine in der Ecke stehende Vitrine heran, neben der eine üppige Yucca-Palme stand. Sie bückte sich und begann mit ihrer rechten Hand in der Erde des Pflanzenkübels zu wühlen. Nach wenigen Sekunden beförderte sie einen kleinen Zigarettenstummel daraus hervor und hielt ihn triumphierend in die Höhe. »Da haben wir das gute Stück! Bevor ich zu der Observation durch das Schlüsselloch gegangen bin, kam ich auf dieses Versteck. Entschuldige, Dad, aber ich wollte sichergehen, dass du dich nicht schon wieder über unsere Raucherei ärgern musst!«

»Ich glaub's ja nicht!«, brachte Peter staunend hervor. »Damit haben wir jetzt tatsächlich den Beweis, wer von den beiden Schwestern so erpicht darauf war, schon vorab den Inhalt des Testaments ihres Vaters zu erfahren!«

»Langsam, Peter«, gebot Justus seinem Freund Einhalt. »Präzise ausgedrückt ist nun zwar geklärt, wer den Umschlag über dem Wasserdampf geöffnet hat. Dennoch bin ich mir ziemlich sicher, dass sowohl die eine als auch die andere Schwester den Inhalt des Dokuments ausgiebig studiert hat.«

»Wie kommst du denn jetzt darauf, Justus?«

»Wir werden es Helens und Ellens Vater überlassen, ob er das Schriftstück auf Fingerabdrücke hin untersuchen lassen möchte, Bob. Ich verwette aber meinen Titel als Erster Detektiv darauf, dass sich die Spuren seiner *beiden* Töchter darauf befinden werden.«

»Und woraus schließt du das?«

»Als du vorhin den Vorschlag unterbreitet hast, das Testament Inspektor Cotta auszuhändigen, stand für den Bruchteil einer Sekunde allen beiden Damen der Schrecken ins Gesicht geschrieben. Da hatte ich die Gewissheit. Demnach wollte die eine Tochter dem Informationsvorsprung ihrer Schwester in Sachen ›Letzter Wille‹ in nichts nachstehen und hat sich im Nachhinein ebenfalls an dem Umschlag zu schaffen gemacht.«

Bob tippte sich an die Stirn. »Ganz nach dem Motto: Wissen ist Macht!«

»Du hast es erfasst«, bestätigte Justus. »Wir haben es hier also mit *zwei* schwarzen Seelen zu tun. Ausgebufft und ohne jeden Skrupel.«

»Das ist eine haltlose Unterstellung!«, ereiferte sich nun die andere Schwester und setzte eine wahre Unschuldsmiene auf. »Ich bin an dem Erbe meines Vaters in keinster Weise interessiert und kann finanziell auf eigenen Beinen stehen. Deshalb habe ich mir auch einen lukrativen Job in einer Werbeagentur erarbeitet. Daddy soll wissen, dass ich eine eigenständige und unabhängige Frau bin. Im Gegensatz zu dir, Schwester!«

Die so Angegriffene stellte erbost ihre Zähne zur Schau. »Mach dich doch nicht lächerlich! Die Gier steht dir unübersehbar ins Gesicht geschrieben!«

Peter war fassungslos. »Haben sich Ihre Töchter eigentlich schon immer so feindselig gegenübergestanden?«, wandte er sich an den Vater.

»Nicht in dem Ausmaß«, entgegnete dieser missbilligend. »Aber nach allem, was ich hier heute miterleben durfte, ist die Erklärung ganz einfach. Und sie bestätigt mir, dass ihr in allen Punkten recht habt, Jungs.«

Bob horchte auf. »Wie ist das zu verstehen, Sir?«

»Helen und Ellen haben beide einen Blick in mein Testament geworfen. Wie wäre es sonst zu verstehen, dass sie so aufgebracht und zornig aufeinander sind? In dem besagten Dokument ist nämlich festgelegt, dass ich ihnen dieses Haus nur vererbe, wenn sie gemeinsam darin einziehen. In jedem

anderen Fall wird es einer Stiftung überschrieben, die daraus eine Einrichtung für schwer erziehbare Kinder macht.«
Peter konnte sich ein Grinsen nicht verkneifen. »Und mit dieser Regelung mochte sich weder Helen noch Ellen abfinden. Deshalb versuchten beide, die jeweils andere bei Ihnen anzuschwärzen, Sir. In der Hoffnung, dass Sie diese dann als Nutznießerin aus Ihrem Testament streichen.«
»So werden Sie es sich wohl gedacht haben«, entgegnete der Vater entschieden. »Aber da habt Ihr die Rechnung ohne den Wirt gemacht, meine lieben Töchter. Die Regel bleibt unumstößlich: entweder beide oder keine.«
Bob betrachtete das Zwillingspaar, das nun schweigend im Raum verharrte, und wurde plötzlich unsicher. »Sagt mal, Freunde, war es jetzt eigentlich Ellen oder Helen, die den Zigarettenstummel vorhin aus dem Blumenkübel gefischt hat? Die beiden sehen sich so ähnlich, dass ich gar nicht mehr weiß, wer *wer* ist …!?«
»Ja, du hast recht«, stellte nun auch Peter fest und fasste sich verwundert an den Kopf.
»Spielt das für uns noch eine Rolle, Kollegen? Der Vater wird ganz sicher seine beiden Töchter unterscheiden können. Doch für uns ist das nun ohne Belang.« Der Erste Detektiv ging langsam auf den Vater zu und reichte ihm zum Abschied die Hand. »Ich freue mich, dass wir Ihnen bei der Klärung Ihrer Familienangelegenheit ein wenig helfen konnten, Sir. Auch wenn Sie es gar nicht waren, der uns mit diesem Fall beauftragt hat. Aber manchmal kommt es eben anders, als man denkt …«

Die schwarze PhantOma

Aus den Detektiv-Akten von Bob Andrews, Eintrag vom 30. November, 20:54 Uhr

Gerade haben wir erfolgreich einen Fall aufgeklärt. Trotzdem ist Justus unzufrieden. Er wurde bei den Ermittlungen fast angefahren – von einem gestohlenen Porsche! Laut Zeugenaussagen wurde der schwarze Wagen Ende November von einer »Seniorin« entwendet, die am Tatort einen Gehwagen zurückließ. Bei der Polizei hängt eine Suchmeldung aus, aber die Täterin ist noch auf freiem Fuß. Justus hat sich in den Kopf gesetzt, die alte Dame bis Weihnachten (spätestens!) zu überführen. Inspektor Cotta will uns seltsamerweise nicht verraten, wem der Porsche gehört. Aber Just meint, dass er die Hilfe der Polizei sowieso nicht braucht. Er hat per Telefonlawine, über den E-Mail-Verteiler und sogar über sämtliche Social Networks einen Aufruf gestartet: »Wer hat diese Frau gesehen: Seniorin, ca. 70–80 Jahre alt. Kurze, graue Locken, eher mollig. Zieht das rechte Bein nach, trägt eine große Brille und evtl. eine bunte Häkelmütze zu einer blauen Wolljacke und ein Kleid mit Blumenmuster. Wurde zuletzt in einem schwarzen Porsche Carrera gesehen.«

Rocky Beach, Jachthafen, 02. Dezember, 21:30 Uhr

Peter Shaw war hinter einer Tafel mit einer Touristenkarte von Rocky Beach in Deckung gegangen. Im spärlichen Licht der Hafenlampen konnte er die Umrisse einer kleinen, rundlichen Gestalt ausmachen. Sie stieg gerade von einer weißen Jacht, die am hinteren Ende des Holzstegs vertäut war. Der

Zweite Detektiv grinste siegessicher. Die alte Dame konnte ihm hier nicht entwischen. Justus würde Augen machen, wenn er erfuhr, dass Peter die Porsche-Diebin im Alleingang gestellt hatte! Vier Mal war sie ihnen bereits entwischt, aber heute war Peter zufällig ganz in der Nähe gewesen, als eine Nachricht auf seinem Handy eingegangen war: »Gesuchte Oma am Jachthafen unterwegs«. Kurz entschlossen hatte er sich auf die Suche nach der alten Frau gemacht. Die kam jetzt langsam auf ihn zu. In der Hand hielt sie etwas großes, dunkles Viereckiges. Worum es sich dabei handelte, konnte Peter im Zwielicht nicht erkennen.

»Halt!« Der Zweite Detektiv sprang in die Mitte des Stegs und verbaute so den Fluchtweg. Doch die Frau dachte nicht daran, stehen zu bleiben. Sie ließ den viereckigen Gegenstand fallen, sprang flink zur Seite, griff nach einem Tau und schwang sich auf das Deck eines kleinen Segelschiffes. Peter hatte keine Zeit, sich darüber zu wundern, wie beweglich die alte Dame war. Er setzte ihr beherzt nach. Doch die Flüchtende war bereits von dem Segelboot auf ein weiteres Boot gesprungen.

»Was ist hier los?«, rief ein junger Mann mit Kapitänsmütze, der gerade aus der Kajüte des Bootes trat. Im selben Augenblick tauchte die alte Frau unter dem Segel hindurch.

Peter setzte die Verfolgung fort, wurde auf der anderen Seite des Segels jedoch abrupt gestoppt. Der Zweite Detektiv sah nur noch die riesige Brille, in der sich die Hafenlichter spiegelten, und ein paar graue Locken unter der bunten Häkelmütze. Dann wurde er mit einem blitzschnellen Karategriff außer Gefecht gesetzt. Die Oma sprintete über das Deck

und machte einen Satz über die Reling. Statt im Wasser landete sie geschickt auf einem Jet-Ski. Ehe Peter reagieren konnte, warf sie den Motor an und brauste mit dem Wassermotorrad davon.
»Das war doch diese kriminelle Phantom-Oma, nicht wahr?«, fragte der Mann mit der Kapitänsmütze und half Peter auf. »Die Rentner sind auch nicht mehr das, was sie mal waren! Wir sollten die Polizei rufen.«
Peter stimmte ihm niedergeschlagen zu. Dann entdeckte er das dunkle Ding, das noch immer auf den Planken lag. Es entpuppte sich als ein Bilderrahmen. Das Glas war gesprungen, aber Peter konnte die roten geschwungenen Buchstaben auf dem Papier dahinter noch lesen: »Auszeichnung für besondere Dienste«. Außerdem fiel ihm ein handgeschriebener Name ins Auge: »Zeus Zenon Johnson«.

Eintrag auf der offiziellen Internetseite von Rocky Beach, Ressort Politik

Zeus Zenon Johnson

Politiker, Schauspieler, Moderator und Buchautor; amtierender Bürgermeister von Rocky Beach.

Johnson wuchs in unserer Küstenstadt auf und erhielt bereits als Jugendlicher eine Auszeichnung für besondere Verdienste um Rocky Beach. Nach seinem Studium in Los Angeles (Ruxton University) trat er in den 80er-Jahren erfolgreich als Schauspieler in Blockbustern wie *Atomoffel Attac II – Die Rückkehr der radioaktiven Kartoffeln* auf. Später arbeitete er als Moderator und Jurymitglied der Diät-Show *Calocombat*. Sein eigentliches Interesse galt jedoch stets der Verbrechens-

bekämpfung. Mit dem Versprechen »Sicherheit für Rocky Beach« konnte er die Wahl zum Bürgermeister für sich entscheiden. Johnson hat seitdem für verstärkte Überwachungsmaßnahmen und Personenkontrollen im Heimatmuseum, in der Kunsthalle und im Rathaus gesorgt. In seiner Freizeit geht er gern segeln oder löst Denksportaufgaben. Johnson war viermal verheiratet (unter anderem mit Fitness-Queen Pamela Suntan). Mit seiner derzeitigen Ehefrau Stacey Uptown-Johnson, einer Katze und zwei Papageien lebt er im Westen von Rocky Beach. Zum Haushalt gehört auch ein Butler und Chauffeur: der ehemalige Basketballspieler Ted Spencer, der seit Jahren für die Familie arbeitet.
Im Dezember veröffentlicht der Bürgermeister seine Lebensgeschichte als Buch. Mit der Autobiografie »Der Held in meinem Spiegel« will Zeus Zenon Johnson tiefe Einblicke in seinen erfolgreichen Lebensweg gewähren.

Anrufbeantworter Zentrale, 02. Dezember, 23:40 Uhr
Hallo Bob! Hier ist Tasha. Die Tasha aus deinem Bio-Kurs. Ich habe gehört, dass ihr nach einem geklauten Porsche sucht. Der Wagen soll angeblich der Frau des Bürgermeisters gehören. Melde dich doch mal, wenn du Zeit hast!

Text-Message an Justus Jonas, 03. Dezember, 09:10 Uhr
Hallo Detektive! Immer noch auf Oma-Suche? Bei uns im Nachbarhaus wohnt so eine Frau. Alt, hinkend und mit einem komischen Hut. Adresse ist 132 Horn Road. Die hat aber keinen Porsche. Gibt es eine Belohnung für hilfreiche Hinweise?

Rocky Beach, Wohnung von Mrs Mockturtle, 132 Horn Road, 03. Dezember, 14:17 Uhr

Justus Jonas, Peter Shaw und Bob Andrews saßen in einem kleinen Wohnzimmer, in dem fast jedes Möbelstück mit bunten Häkeldeckchen verziert war. Ihnen gegenüber nahm Mrs Mockturtle Platz. Die alte Dame passte wirklich haargenau auf die Beschreibung der Porsche-Diebin. Allerdings hatte sie wasserdichte Alibis – sowohl für den Tag, an dem Justus beinahe angefahren worden wäre, als auch für den Zwischenfall am Hafen. Das hatten die drei ??? bereits im Laufe des Vormittags durch ein Gespräch mit ihrem Informanten und anschließende Zeugenbefragungen überprüft.

Mrs Mockturtles Hände zitterten, als sie den Jungen Tee eingoss. »Die Polizei war vor zwei Tagen auch schon hier. Ich wurde ausgefragt wie eine Verbrecherin!«

»Vor zwei Tagen?«, hakte Justus nach. »Ging es da um den gestohlenen Sportwagen?«

»Ja, genau«, bestätigte Mrs Mockturtle. Sie blickte die Jungen durch die riesigen Gläser ihrer Brille verstört an. »Es scheint, als würde jemand mit meinem Aussehen Rocky Beach heimsuchen! Schrecklich, nicht wahr?«

»Das muss schlimm für Sie sein«, bestätigte Bob mitfühlend.

»Zum Glück war ich während des Autodiebstahls nicht allein in der Wohnung«, sagte Mrs Mockturtle. »Ich habe feste Gewohnheiten, die ich nur ungern aufgebe. Ich gehe jeden Mittwoch in den Palisades Park und füttere dort die Tauben. Sonntagnachmittags gehe ich ins Café Seeblick und mache danach einen Spaziergang an der Strandpromenade. Und dienstags bin ich abends beim Bingo.«

»Das haben wir auch schon herausgefunden«, sagte der Erste Detektiv. »Aber uns ist noch nicht klar, weswegen die Täterin ausgerechnet auf Ihre Identität zurückgreift.«
»Wie bitte?« Die alte Dame sah Justus fragend an.
»Warum zieht sich diese Frau genauso an wie Sie?«, formulierte Peter die Frage um.
»Wenn ich das nur wüsste!«, klagte Mrs Mockturtle. »Die Polizei scheint mit dem Fall überfordert zu sein, aber vielleicht könnt ihr diese Doppelgängerin finden. Das würde mich sehr erleichtern. Ich kann euch nur leider nicht viel zahlen. Ich habe nur eine schmale Rente.«
Peter schüttelte den Kopf. »Wir nehmen kein Geld.«
»Keine Sorge, Mrs Mockturtle«, ergänzte Bob freundlich. »Wir kümmern uns gern um die Angelegenheit.«
Die alte Dame atmete auf. »Ich danke euch! Ihr seid hiermit engagiert!«
Justus lächelte zufrieden. »Dann sollten wir jetzt über Zeus Zenon Johnson sprechen.«

Rocky Beach, Gebrauchtwarencenter T. Jonas, Sunrise Road, 03. Dezember, 16:00 Uhr

Nach dem Besuch bei der alten Dame zogen sich die drei ??? für eine Besprechung in ihre geheime Zentrale auf dem Schrottplatz zurück. Peter seufzte. »Mrs Mockturtle kennt den Bürgermeister gar nicht.«
»Zumindest nicht persönlich«, ergänzte Justus. »Stellt sich also die Frage, weswegen sich jemand, der es auf Mr Johnson abgesehen hat, ausgerechnet als die alte Dame ausgibt.«
»Die falsche Mockturtle kann jedenfalls nicht alt und ge-

brechlich sein«, überlegte Peter. »Am Hafen war sie ziemlich fit. Und sie beherrscht Kampfsportgriffe!«
Justus nickte langsam. »Sie entwendet eine Auszeichnung des Bürgermeisters, nachdem sie vorher den Wagen seiner Frau gestohlen hat.«
»Den hat sie aber zurückgegeben«, wandte Peter ein. »Ich hab's euch doch schon erzählt. Er stand auf dem Parkplatz vom Jachthafen. Mit einer Karte hinter der Frontscheibe. Darauf stand: *›Danke für die Leihgabe und bis bald‹*.«
»Diese falsche Oma hat übrigens noch mehr angestellt!« Bob legte ein paar Zeitungsausschnitte auf den Schreibtisch. »Die *Rocky Beach Today* berichtet seit einigen Tagen darüber.«
Justus verzog den Mund. »Ich werde mir wohl doch angewöhnen müssen, dieses Käseblatt regelmäßig zu lesen.«
»So schlecht ist die Zeitung gar nicht«, fand Bob.
»Das musst du ja sagen, weil dein Vater da früher gearbeitet hat«, zog Peter seinen Freund auf.
Bob winkte ab. »Dieses Mal war es jedenfalls hilfreich, dass ich regelmäßig die Lokalnachrichten verfolge, oder?«
Justus überflog unterdessen die Artikel. Dann schaute er auf. »Für meinen Geschmack ist das viel zu reißerisch geschrieben. Allein die Schlagzeile: ›PhantOma versetzt Rocky Beach in Angst und Schrecken!‹.«
»Dafür bekommt man durch die Artikel einen guten Überblick«, meinte Bob.
»Das ist richtig«, pflichtete ihm Justus gönnerhaft bei. »Die Zeitung informiert umfassend über die Taten der vermeintlichen Seniorin: Am Mittwoch ist sie mit dem Porsche über die Bürgermeister-Johnson-Grünfläche im Stadtpark gefah-

ren und am Sonntag hat sie in der Videothek *Rocky Rewind* eingebrochen. Die Überwachungsvideos zeigen eindeutig die alte Dame, wie sie die DVDs mit Johnsons Filmen entwendet.«

Bob lachte auf. »Wer schaut sich freiwillig Werke wie *Atomoffel Attac* an? Ich bitte euch! Darin geht es um atomverseuchte Kartoffeln, die zu Synthesizer-Musik Menschen angreifen und unter die Erde ziehen.«

»Eine komische Verbrecherin ist das«, befand Peter. »Immerhin wissen wir jetzt, warum Inspektor Cotta so zurückhaltend war. Es geht schließlich um den Bürgermeister.«

»Wir sollten mit Mr Johnson persönlich sprechen«, sagte Justus entschlossen.

»Ob der dir einen Termin gibt?«, fragte der Zweite Detektiv zweifelnd.

»An diesem Samstag kann man sich ein Autogramm von ihm geben lassen«, teilte Bob seinen Freunden mit. »Er weiht im Heimatmuseum sein Selbstbildnis ›Erfolg in Aquarell‹ ein und liest aus seiner Autobiografie.«

Peter zog eine Augenbraue hoch. »Klingt nicht sehr spannend. Außerdem bekommen wir dafür bestimmt keine Karten mehr.«

»Vielleicht doch«, meinte Bob. »Die Aktion wird von Booksmith unterstützt. Da sollten wir unsere Beziehungen ausnutzen.«

Justus und Peter wussten sofort, worauf Bob mit seiner Andeutung hinauswollte. Bei Booksmith handelte es sich um einen beliebten Buchladen in Rocky Beach. Dort arbeitete ein Mädchen namens Lesley Winkle, das den drei ??? schon hin und wieder geholfen hatte und sich besonders gut mit Bob verstand.

»Lesley könnte uns vielleicht Freikarten besorgen oder durch den Seiteneingang reinlassen«, sagte Justus. »Aber bis dahin kann noch viel passieren. Wir sollten auch andere Ermittlungswege in Betracht ziehen.«

»Wie wäre es mit der Rocky Beach Today?« Bob sah seine Freunde an. »Mein Vater hat noch Kontakt zu einigen seiner ehemaligen Kollegen. Über ihn könnte ich bestimmt einen Besuch in der Redaktion arrangieren.«

»Wozu?«, wollte Peter wissen.

»Ich fürchte, die Redakteure können dir nicht viel Neues berichten«, meinte auch Justus. »Wenn sie eine heiße Spur hätten, würden sie darüber schreiben.«

»Es wäre immerhin ein Anfang«, warf Bob ein. »Gründliche Recherche ist wichtig.«

»Ich bin für verfolgen und beschatten!«, wandte Peter ein. »Wir bekommen doch stündlich neue Hinweise.«

»Leider«, knurrte Justus. »Ich habe 208 ungelesene Nachrichten. Die muss ich gleich noch durchgehen.«

Bob stand auf. »Dann macht ihr den Teil mit der Beschattung und ich versuche mein Glück bei der Presse.«

Online Messageboard Facefarce, 03. Dezember, 23:08 Uhr

RockyKing: Heute schon 34 (!) Anfragen bekommen. Jetzt reicht es echt mit #OmaSuche. Das ist doch bestimmt wieder eine Aktion von diesen komischen drei ???. Die Telefonlawinen haben schon genervt, jetzt spammen die auf allen Kanälen!

(10 Kommentare. Skinny Norris gefällt das)

Rocky Beach, Redaktion der Rocky Beach Today,
04. Dezember, 15:17 Uhr

Mr Andrews hatte Bob tatsächlich geholfen und den Kontakt zur Redaktion der Zeitung hergestellt. Gleich nach Schulschluss machte sich der dritte Detektiv auf den Weg zur Rocky Beach Today. Ein älterer Reporter namens Biff Rogers führte Bob herum und bot ihm dann in der Küche der Redaktion einen Kaffee an.

»Dein Vater hat mir viel von dir erzählt«, sagte Rogers schmunzelnd. »Du willst später in seine Fußstapfen treten und auch Journalist werden, nicht wahr?«

»Das stimmt«, antwortete Bob bescheiden.

Rogers schob Bob einen Teller mit Keksen hin. »Du interessiert dich also für die PhantOma.«

Bob nickte. »Mein Freund Justus ist beinahe von dieser Frau überfahren worden, als sie mit dem gestohlenen Porsche unterwegs war.«

Der Reporter sah Bob erschrocken an. »Diese Frau hat ja einiges angestellt, aber bislang hatte ich sie nicht für gefährlich gehalten. Ist ihm was passiert?«

»Er ist rechtzeitig aus dem Weg gesprungen«, meinte Bob.

»Hoffentlich war es ein Versehen.« Rogers fuhr sich durch die grauen Haare. »Ich muss gestehen, dass es Spaß gemacht hat, die Artikel zu schreiben. Eine alte Dame auf kriminellen Abwegen ist mal eine nette Abwechslung zu den üblichen Themen.«

»Haben Sie denn einen Verdacht, wer es auf den Bürgermeister abgesehen haben könnte?«

»Johnson hat vermutlich mehr Feinde als Freunde«, meinte

Biff Rogers. »Und das nicht nur in der Politik. In seinem Buch lässt er kaum ein gutes Haar an seinen Mitmenschen.«
Bob blickte den Journalisten erstaunt an. »Ist seine Biografie denn schon erschienen?«
»Sie kommt heute raus und wird übermorgen im Heimatmuseum vorgestellt«, berichtete der Reporter. »Allerdings wurden die Vorabexemplare für Journalisten bereits im November verschickt. Ich habe das Buch schon längst gelesen. Wenn du magst, kann ich es dir ausleihen.«
»Das wäre sehr nett!«, freute sich Bob.
Der Journalist stand auf. Dabei zog er ein Bein leicht nach. Bob wusste von seinem Vater, dass Rogers seit einem Unfall in seiner Jugend leicht hinkte. Einen kurzen Moment lang hatte Bob den verrückten Einfall, dass ausgerechnet Biff Rogers hinter der PhantOma stecken könnte – verkleidet als alte Dame. Immerhin hatte er auf diese Weise endlich ein interessantes Thema für seine Artikel. Aber dann fiel ihm ein, dass die echte PhantOma ja sehr gut laufen konnte. Sie war Peter mit Leichtigkeit entwischt. Das wäre Mr Rogers kaum gelungen.
»Hier!«, riss Rogers Bob aus seinen Gedanken. Er hielt ihm ein gebundenes Buch entgegen. Auf dem Cover prangte das Gesicht von Bürgermeister Johnson. Er lächelte breit und zeigte seine ebenmäßigen, weißen Zähne. Die schwarzen Haare waren mit grauen Strähnen durchsetzt, aber er sah trotzdem noch jugendlich aus.
»Er war schon früher so überzeugt von sich«, sagte Rogers. »Allerdings war er als Kind recht untersetzt. Davon schreibt er in seinem Buch natürlich nichts.«

»Kommt denn im Buch diese Auszeichnung der Stadt Rocky Beach vor, die er erhalten hat und die die Phantom-Oma geklaut hat?«, wollte Bob wissen.
»Oh ja.« Rogers nickte kräftig. »Er benötigt dafür ganze drei Kapitel. Ist ja auch sein großer Stolz.«
»Was denn?«, hakte Bob neugierig nach.
Rogers sah ihn erstaunt an. »Na, dass er damals das Schwarze Phantom gefangen hat! Wusstest du das nicht?«

Ausschnitt aus »Der Held in meinem Spiegel« von Zeus Zenon Johnson

In meinem Leben gibt es zahlreiche bedeutende Ereignisse. Wegweisend war ganz sicher mein erster großer Erfolg in der Verbrechensbekämpfung: die Ergreifung des legendären Schwarzen Phantoms! Ich war damals noch ein Junge und betrieb die Jagd auf Schurken eher spielerisch. Zunächst war ich einfach interessiert an dem Phantom: ein gesichtsloser Schatten aus der Welt der Spione und Meisterdiebe! Zeugen berichteten von einer schlanken Gestalt mit akrobatischem Geschick – gekleidet in einen schwarzen Anzug und mit schwarzer Maske. Ganz Südkalifornien sprach über die Taten des Phantoms. Niemand konnte ahnen, dass ausgerechnet ein Junge aus Rocky Beach es überlisten würde …

Archiv der Los Angeles Post, 05. Dezember, 17:22 Uhr

Während Justus und Peter den Hinweisen folgten (mittlerweile waren es über 250 – darunter auch zwei Rätselgedichte, acht geheimnisvolle Fotos und eine Tonbandaufnahme mit seltsamen Geräuschen), saß Bob im Archiv der großen Tageszeitung *Los Angeles Post*. Hier konnte man zu fast jedem Thema etwas finden. Bob spürte bei seinen Besuchen immer ein leichtes Kribbeln im Bauch. Für jemanden, der gerne Nachforschungen betrieb, war dieses Archiv ein Paradies. Der dritte Detektiv gähnte. Er hatte die halbe Nacht damit verbracht, das Buch des Bürgermeisters zu lesen. Jetzt galt es, die Fakten zu überprüfen. Bob betrachtete ein altes Foto. Es gehörte zu einem Artikel über die Ergreifung des Schwarzen Phantoms. Die Überraschung: Bei dem Phantom handelte es sich damals um eine junge Frau. Auf dem Foto trug sie ihren schwarzen Anzug, jedoch keine Maske. So konnte man ihre großen Augen sehen, die von schwarzem Kajalstift umrandet waren. Ihre hellen Haare fielen in sanften Wellen über ihre Schultern. Obwohl sie überführt worden war, umspielte ein geheimnisvolles Lächeln ihren Mund. Keine Frage, das Schwarze Phantom war eine Schönheit gewesen. Sie musste Zeus Zenon Johnson tief beeindruckt haben. Wie Bob anschließend feststellte, heiratete er immer wieder Frauen, die dem Phantom ähnlich sahen. So wie seine aktuelle Ehefrau – ein Model, das über zwanzig Jahre jünger war als er. Bob überlegte, ob er Justus und Peter anrufen sollte, entschied sich jedoch dagegen. Zunächst musste er unbedingt noch mehr herausfinden!

Los Angeles, Pam's Bodyworx, Beverly Hills,
Elevado Avenue, 05. Dezember, 17:40 Uhr

Justus fühlte sich schlecht. Sehr schlecht! Er lehnte sich mit dem Rücken gegen die Wand. Warum war er ausgerechnet den Hinweisen gefolgt, die etwas mit Sport zu tun hatten?

Peter reichte ihm einen Becher mit Wasser. Dabei spähte er an einer Kübelpflanze vorbei ins Foyer des Fitnesstempels. »Wir dürfen Pamela Suntan nicht aus den Augen lassen!« Die zweite Exfrau des Bürgermeisters besaß mehrere Sportstudios in Kalifornien. Hier, in Beverly Hills, gab sie auch höchstpersönlich noch Kurse. Das hatten Peter und Justus gerade am eigenen Leib erfahren. Sie hatten spontan »Bodyshape Extreme Plus« gebucht. Das waren 60 Minuten intensives Training bei Pamela Suntan. Selbst der sportliche Zweite Detektiv war ganz schön ins Schwitzen gekommen. Es war also kein Wunder, dass Justus fix und fertig war. Er hatte Gewichte gestemmt, Kniebeugen und Liegestütze gemacht und sich sogar an ein hartes Bauchmuskelprogramm gewagt. Nun fühlten sich seine Arme und Beine an, als wären sie aus Gummi. Sein Nacken schmerzte und er hatte Seitenstechen. Dafür hatten die beiden Detektive beim Training Pamela Suntan beobachten können. Sie hatte definitiv das Zeug zur Hauptverdächtigen. Mit einer grauen Perücke, einer Brille und den richtigen Anziehsachen hätte sie sich sicherlich als Mrs Mockturtle ausgeben können. Einzig die tiefbraune Haut der Fitnessexpertin passte nicht zu der Täterbeschreibung.

SMS, Bob an Justus, 05. Dezember, 23:00 Uhr

Hallo Just! Habe heute mehrere Stunden recherchiert. Hat sich gelohnt! Habe wichtige Neuigkeiten!

SMS, Justus an Bob, 05. Dezember, 23:03 Uhr

Wir reden morgen. Mir tut alles weh!

SMS, Bob an Justus, 05. Dezember, 23:06 Uhr
Was hast du gemacht?!? Komme morgen direkt zur Veranstaltung. Muss vorher noch einen Freund meiner Eltern vom Flughafen abholen.

SMS, Lesley an Bob, 06. Dezember, 10:00 Uhr
Hi Bob, wir bauen ab 13 Uhr im Museum auf. Kann euch gern reinlassen. Lesung startet um 15 Uhr. Bis später! LG

Rocky Beach, Heimatmuseum, 06. Dezember, 14:10 Uhr
Vor dem Heimatmuseum parkten gleich zwei Polizeiwagen. Ein paar Schaulustige waren vor dem gelben Gebäude stehen geblieben und reckten die Hälse. Viel gab es jedoch nicht zu sehen. Bob fragte sich, was passiert war. Er hatte versucht, mit einem der Polizisten zu reden, der wollte jedoch keine Auskunft geben. Inspektor Cotta war offensichtlich schon im Museum. Bob blieb also nichts anderes übrig, als draußen vor der Tür zu warten. Langsam wurde er ungeduldig. Justus und Peter hätten längst da sein sollen. Bob musste unbedingt mit ihnen sprechen. Dafür kam ihm ein Mädchen mit braunen Locken entgegen.
»Lesley!« Bob lächelte.
»Bob!« Lesley strahlte zurück. Doch dann wurde ihr Gesicht ungewohnt ernst. »Die Lesung fällt aus! Heute Nacht ist im Museum eingebrochen worden.«
Der dritte Detektiv hob die Augenbrauen. »Deshalb das Polizeiaufgebot!«
Kaum hatte er den Satz ausgesprochen, als mehrere Polizisten aus der Tür geeilt kamen, unter ihnen Inspektor Cotta.

Gleichzeitig hielt eine schwarze Limousine vor dem Haupteingang des Museums. Ein Mann mit Anzug und Chauffeursmütze stieg aus und öffnete die hintere Tür. Bob bemerkte, dass der Mann ein Bein leicht nachzog. Das musste Ted Spencer sein, der ehemalige Basketballprofi und jetzige Chauffeur und Butler des Bürgermeisters. Er hatte nach einigen Kreuzbandrissen seine Karriere aufgeben müssen und arbeitete mittlerweile seit zwanzig Jahren für Johnson. Das alles wusste Bob seit seinem ausgedehnten Recherche-Tag bei der Los Angeles Post. Und Bob wusste noch viel mehr. Gespannt beobachtete er jetzt, wie der Bürgermeister aus dem Auto stieg. Er sah in Wirklichkeit kleiner aus als im Fernsehen, kam aber genauso dynamisch rüber. Eine ziemlich junge Frau mit blonden Haaren folgte ihm. Während Johnson mit Inspektor Cotta sprach, stöckelte sie aufgeregt umher und telefonierte mit einem rosafarbenen Handy. Der Chauffeur hielt unterdessen ihre Handtasche und starrte emotionslos vor sich hin.

Bob sah sich um. Justus und Peter waren immer noch nicht da. Dafür entdeckte er Biff Rogers. Der Reporter winkte ihm freundlich zu. Dann machte er ein paar Fotos.

»Weißt du, was genau passiert ist?«, fragte Bob Lesley, die noch immer neben ihm stand.

Sie nickte. »Die kleine Sonderausstellung rund um den Bürgermeister wurde verändert.«

»Verändert? Wie denn?«, wollte Bob wissen.

»Sieh es dir selbst an.« Lesley zückte ihr Handy. Kurz darauf hielt sie es Bob hin. »Die Tat wurde als Film im Internet veröffentlicht.«

Überrascht starrte Bob auf den kleinen Bildschirm. Man konnte einen Raum im Museum sehen. Er erwartete, die falsche Mrs Mockturtle zu sehen, doch stattdessen kletterte eine schlanke Gestalt in einem schwarzen Anzug durchs Fenster. Das war eindeutig das Schwarze Phantom!
»Die Bilder stammen von der Sicherheitskamera«, sagte Lesley, während Bob den Film sah. »Die Einbrecherin hat das Video anscheinend selbst hochgeladen. Sie hat also nicht nur die neue Alarmanlage außer Kraft gesetzt, sondern auch das Überwachungssystem angezapft.«
»Ihr habt es also auch schon gesehen!«, sagte eine Stimme hinter Bob. Justus und Peter waren angekommen. »Die Nachricht vom Einbruch im Heimatmuseum hat sich in der ganzen Stadt verbreitet wie ein Lauffeuer«, ergänzte der Erste Detektiv.
Peter grinste. »Stimmt es, dass das Porträt des Bürgermeisters bemalt wurde?«
»Nur das Glas davor«, antwortete Lesley. »Außerdem wurde die Ausstellung um einige Stücke ergänzt. Zum Beispiel um alte Kinder- und Jugendfotos von Johnson, auf denen er keine gute Figur macht.«
»Klingt für mich eher nach einem Streich«, fand Peter.
Lesley sah ihn zweifelnd an. »Ein Streich, für den ein nagelneues Sicherheitssystem überwunden wurde. Wer macht sich denn so viel Mühe?«
»Das gilt es herauszufinden!«, verkündete Justus.
»Ich hab da noch etwas vor«, meinte Bob plötzlich. »Bitte entschuldigt mich.«

Rocky Beach, 132 Horn Road, 06. Dezember, 15:28 Uhr

Mrs Mockturtle freute sich, Bob zu sehen. »Na, habt ihr meine Doppelgängerin gefunden?«, fragte sie, als der dritte Detektiv in den Flur trat.

»Ich denke schon«, antwortete Bob. Er trat nervös von einem Bein aufs andere. »Ich berichte Ihnen gerne alles, was ich herausgefunden habe, aber dürfte ich zuvor kurz Ihre Toilette benutzen?«

Die alte Dame lächelte. »Mein Badezimmer ist dort.« Sie deutete auf eine Tür. »Ich mache uns so lange schon mal einen schönen Tee!«

Ein paar Minuten später saß Bob im Wohnzimmer, eine Tasse mit heißem Kamillentee in der Hand. Er räusperte sich. »Ich halte es für sehr wahrscheinlich, dass gleich die Polizei kommen wird. Aber wenn ich Sie richtig einschätze, haben Sie ein Alibi.«

Die alte Dame sah Bob verwirrt an. »Wovon redest du?«

»Sie sind das Schwarze Phantom!«

»Kannst du das lauter wiederholen?«, bat Mrs Mockturtle. »Ich habe das nicht verstanden.«

»Vor vielen Jahren waren Sie eine berühmte Einbrecherin und Spionin«, sagte Bob laut und deutlich. »Damals nannten Sie sich noch Domino Laverna. Allerdings war es nicht leicht, Ihre Spur in den letzten Jahren zu verfolgen.«

»Ich bin doch kein Phantom!«, sagte Mrs Mockturtle erschrocken. »Ich habe in meinem ganzen Leben noch nie etwas angestellt. Wie kommst du überhaupt auf so eine Idee?«

»Manchmal sind Kriminalfälle wie verknotete Wollknäule«, sagte Bob. »Man muss mit gründlicher Recherche den rich-

tigen Anfang finden und sich dann langsam und gewissenhaft bis zum Ende des Fadens durcharbeiten. Das habe ich gestern und heute getan.«
Die alte Frau sah ihn verwundert an.
»Die Suche war kompliziert, aber ich habe eine ganze Menge über Sie herausgefunden. Und nicht nur das: Ich weiß jetzt, dass Zeus Zenon Johnson als jugendlicher Detektiv nicht allein gearbeitet hat. Genau wie ich hatte er zwei gute Freunde, die stets mit von der Partie waren – und mit ihm gemeinsam das ›Schwarze Phantom‹ enttarnten. Biff wurde bei einer gewagten Verfolgungsjagd sogar verletzt und hat seitdem Probleme beim Gehen. Die Lorbeeren kassierte jedoch nur Johnson. Schon bald startete er voll durch, während seine alten Freunde es nicht immer leicht hatten. Niemand ahnt, dass sein Chauffeur und Butler mal sein bester Freund war. Und niemand weiß, dass der Provinzreporter Biff Rogers mal ein erfolgreicher Jungdetektiv war.«
»Du glaubst, die beiden stecken hinter den Aktionen?«, fragte Mrs Mockturtle zweifelnd.
»Nicht direkt«, meinte Bob. »Die PhantOma ist flink und wendig. Das trifft weder auf Rogers noch auf Spencer zu.«
»Wozu erzählst du mir dann diese alten Geschichten?«, fragte Mrs Mockturtle.
»Ich habe Leute gefunden, die mir mehr über Rogers und Spencer berichten konnten«, sagte Bob. »Dabei habe ich erfahren, dass Rogers seit Jahren mit einer älteren Dame befreundet ist. Ich habe das überprüft und über einige Umwege ein Foto gefunden, auf dem er mit Ihnen zu sehen ist.«
»Mir mir?«

»Sie tragen auf dem Bild keine Brille, sind schlank und sportlich und haben eine andere Frisur, aber man erkennt Sie an Ihrem Mund. Er verrät Sie. Egal ob als Schwarzes Phantom, als sportliche Seniorin oder als alte Mrs Mockturtle: Sie lächeln unvergleichlich.«

Mrs Mockturtle sah bestürzt aus. Bob fuhr fort: »Biff Rogers hat Sie verehrt. Und ich nehme an, dass Sie Mitleid mit dem sympathischen Jungen hatten, der sich Ihretwegen verletzt hatte und nie den Ruhm bekam, den er verdient hatte. Nachdem Sie aus dem Gefängnis entlassen worden waren, nahmen Sie Kontakt zu Rogers auf. Über die Jahre wurden Sie zu guten Bekannten, vielleicht sogar zu Freunden. Und Sie haben gemeinsam einen Plan ausgeheckt, als rauskam, dass der Bürgermeister seine Lebensgeschichte veröffentlichen würde – und seine alten Kumpels darin wieder einmal komplett unterschlägt. Mit Ihren Streichen wollten sie ihm und Rocky Beach zeigen, dass er nicht so perfekt und mächtig ist, wie er tut. Vermutlich hat Ted Spencer ebenfalls mitgeholfen, indem er Ihnen Informationen aus dem Haus des Bürgermeisters verschaffte. Als Butler dürfte ihm das ja leichtgefallen sein. Gemeinsam waren Sie ein starkes Trio. Sie traten zunächst als Mrs Mockturtle in Erscheinung. Eine Phantom-Oma, die den Bürgermeister ärgert. Eine tolle Story. Nur für Johnson war es vermutlich nicht gerade lustig. Damit Sie stets ein Alibi hatten, tauchte Biff verkleidet an Orten auf, an denen er von mehreren Zeugen gesehen wurde. Allerdings immer so, dass man ihn nicht aus nächster Nähe sah oder mit ihm sprach. Jeder glaubte, jemand gebe sich für Sie aus. Ein doppeltes Doppelspiel sozusagen.«

Die alte Dame seufzte. »Du hast keinerlei Beweise.«
Bob lächelte. »Bevor wir uns ins Wohnzimmer gesetzt haben, war ich doch kurz auf der Toilette.«
»Du hast mich ausspioniert!«
»Das habe ich«, gab Bob zu. »Und ich hatte großes Glück! Beziehungsweise waren Sie sehr leichtsinnig. Im Wäschesack habe ich den Anzug des Schwarzen Phantoms gefunden.«
»Ach ja?«
»Ich wette, Ihr ganzes Auftreten ist gespielt. Sie tragen eine Perücke und einen Rock mit Polstern.« Bob betrachtete sein Gegenüber. »Das muss recht anstrengend sein.«
»Es ist nur eine von vielen Identitäten«, gab Mrs Mockturtle alias Domino Laverna nun zu. »Ich hüte hier ein, während die eigentliche Besitzerin der Wohnung eine längere Kreuzfahrt macht. Ich begehe keine Verbrechen mehr, aber ich brauche die Herausforderung. Eine Spionin hört niemals auf, geheimnisvoll zu sein. Das hoffe ich zumindest.«
»Sie sind auf jeden Fall für eine Überraschung gut«, meinte Bob. »Sie haben sogar meinen Freund Peter ausgetrickst. Und der ist wirklich sportlich.«
»Ich trainiere täglich«, erklärte Mrs Mockturtle stolz.
»Sie müssten sich der Polizei stellen«, sagte Bob.
»Wenn du mich lässt, würde ich lieber verschwinden.« Mrs Mockturtle nahm ihre Perücke ab. Darunter kamen lange weiße Haare zum Vorschein, die in gepflegten Wellen über ihre Schultern fielen. »Vorausgesetzt, es kümmert sich jemand um die Kanarienvögel hier.«
»Aber ich kann Sie doch nicht einfach laufen lassen!«, wandte Bob ein.

»Warum nicht?« Mrs Mockturtle schenkte ihm ihr bezauberndes Lächeln. »Biff, Ted und ich haben einem alten Freund und Feind ein paar Streiche gespielt. Den Porsche haben wir zurückgebracht, die DVDs kannst du mitnehmen, das Gras im Park wächst nach, das Porträt braucht nur eine neue Glasscheibe und die hässlichen Jugendfotos sind nun auch kein wirkliches Verbrechen, oder?«
»Sie haben beinahe meinen Freund Justus überfahren!«, sagte Bob anklagend.
»Das war Biff«, erklärte die alte Dame. »Es war schon immer sein Traum, einmal Porsche zu fahren. Daher haben wir uns den Wagen ja überhaupt auch nur ... nun ja ... ausgeliehen. Es war seine erste Fahrt und er kam nicht mit der Schaltung zurecht. Biff war ziemlich durch den Wind und hat schließlich Gas und Bremse verwechselt. Er wollte deinem Freund wirklich nichts tun.«
»Trotzdem ...« Bob zögerte. Er spürte, dass Mrs Mockturtle die Wahrheit sagte. Mit ihren Fähigkeiten hätte sie leicht echte Verbrechen begehen können.
»Manchmal«, sagte Mrs Mockturtle lächelnd, »müssen auch alte Damen ein paar Lausbubenstreiche machen!«

Aus Bobs privaten Aufzeichnungen, 06. Dezember, 18:52 Uhr

Ich werde mit Justus und Peter reden müssen. Allerdings versucht unser Erster gerade, ein Zahlenrätsel zu lösen, das er im Büro von *Pam's Bodyworx* gefunden hat. Peter ist in San Diego, um einen Hinweis zu überprüfen. Könnte er sich jetzt ja sparen. Wir müssen uns wirklich dringend zusammensetzen und ich muss den beiden beichten, dass Mrs Mockturtle untergetaucht ist. Wir sind schließlich ein Team. Und das wird hoffentlich immer so bleiben.

SMS von Z. Z. Johnson an Biff Rogers, 07. Dezember, 10:23 Uhr

Ihr steckt doch dahinter, oder? Du und Ted! Wir müssen reden!

SMS von Biff Rogers an Z. Z. Johnson, 07. Dezember, 10:25 Uhr

Gern. Wie wäre es mit einem Treffen um 16:00 Uhr? In unserem alten Geheimversteck?

Das schwarze Verlies

Es ist dunkel. Mehr als dunkel. Schwarz.

Peter *(stöhnt):* Au, mein Kopf! Wo bin ich?

(Am Boden ein rutschendes Geräusch.)

Was … ist das? Hallo? Ist da jemand?

(Stille.)

Meine Hände! Was ist bloß mit meinen Händen los? Gefesselt? Das schneidet ja total ins Fleisch! Ich bin tatsächlich gefesselt.

(Leises Schleifen.)

Hallo? Da ist doch wer … oder etwa … *etwas?* … Hallo! Hörst du mich? *(Wartet, stöhnt erneut.)* Nichts! Hab mich wohl getäuscht. Ist auch besser so. Meine Lage ist ja schlimm genug. Da brauche ich wirklich nicht noch eine weitere böse Überraschung! Aber wie komme ich überhaupt hierher? Ich muss mit mir selbst reden … Das gibt mir Sicherheit! Sicherheit, Peter. Hi, Peter! Ich bin's! Ich selbst! Hahaha!

(Ein Grunzen.)

Uhh!! Hallo? Hilfe! Was … was war das? Bob? Justus? Seid ihr das? Ja, hoffentlich ist es einer von euch! Nicht, dass da ein gefährliches Tier schläft. Ein Kampfhund womöglich! Ein Kampfhund … ein Kampfhund? Das erinnert mich doch an was. *(Holt tief Luft.)* Wenn mein Kopf bloß klarer wäre und nicht so müde … Ja, da war ein Hund. Der hat mich angebellt … als ich mich vor dem Ausgang der Höhle versteckt hielt! Genau, der Ausgang der Höhle. Ich war allein und erst geschah nichts. Dann war da plötzlich dieser Hund! Und danach … Nichts. Erinnerung weg! Aber davor hat mein Kopf noch nicht wehgetan! Also, Peter: Was bedeutet es wohl, wenn dein Kopf auf diese Art schmerzt? Na, Peter? Das kennst du doch! Klar, ganz einfach: Es bedeutet, dass du eins über den Schädel bekommen hast! Ansonsten tut nichts weh, der Hund hat mich also nicht gebissen. Und nun wache ich hier auf, gefesselt!

(Wieder ein Stöhnen.)

Bob? Bist du das? Oder du, Justus? *(Schreit.)* Justuus!!!

Bob *(ächzend):* Nun mach doch nicht so einen Lärm, Peter! *(Stöhnt.)* Klar bin ich Bob! Wer soll ich sonst sein? Ich muss irgendwie … weg gewesen sein! Geschlafen, bewusstlos. Au Mann, mein Kopf, tut der weh! So dunkel hier. Und was ist mit meinen Händen los? Ich bin ja gefesselt! Hey, Peter! Ich bin gefesselt! Mit … Kannst du bitte mal kommen und mir diese blöden Schnüre durchschneiden?

Peter: Sehr witzig, Bob! Ich habe selber keine Hand frei! Kann kaum meine Finger bewegen. Das müssen Kabelbinder sein!

Bob: Was? Wieso? Und wo sind wir?

Peter: Im Dunkeln. Weiter bin ich mit meinen Recherchen noch nicht gekommen.

Bob: Und wo ist Justus?

Peter: Vielleicht liegt er auch hier herum und schläft. Justus? Justus!

(Stille.)

Justuus!!

(Keine Reaktion.)

Bob: Entweder hat er auch eine auf den Kopf bekommen oder er ist gar nicht da.
Peter: So sieht es aus. Kommst du an deine Taschenlampe ran, Bob?
Bob: Woher weißt du, dass ich eine Taschenlampe dabeihabe?
Peter: Weil wir jeder eine dabeihatten! Weil wir doch die Höhlenausgänge bewachen wollten! Und bei Höhlen gehören Taschenlampen zu unserer Grundausrüstung. Wir sind nämlich Detektive.
Bob: Ach ja. jetzt fällt es mir wieder ein. Die drei Höhlenausgänge. Erster Höhlenausgang: Justus Jonas. Zweiter Höhlenausgang: Peter Shaw. Und wer am weitesten lief: Bob Andrews.
Peter: Ja, ja, ich weiß, du hattest den längsten Weg, fast bis auf die andere Seite des Felsens rüber. Justus hielt es für das Wahrscheinlichste, dass die Gangster durch den ersten Gang schleichen, weil die Strecke mehr im Verborgenen liegt. Darum hat er den für sich reserviert. Und so hättest du in der Theorie den ungefährlichsten Job gehabt.
Bob: Hätte, hätte. Die Sache ist ja wohl irgendwie anders gekommen.
Peter: Ja. Offenbar bist du entdeckt worden, genauso wie ich. Und meine Taschenlampe habe ich anscheinend irgendwo verloren!
Bob: Oder man hat sie dir abgenommen. Meine ist nämlich auch verschwunden. Was ist bloß passiert, Peter?
Peter: Keine Ahnung! Ich dachte, du könntest mir das sagen. Wir brauchen Justus. Justus? Hallo, Justus!

Bob: Er liegt bestimmt auch hier irgendwo bei uns, betäubt von einem Schlag auf den Kopf. Lass uns nachsehen.
Peter: Nachsehen? Wie denn? Hier drinnen ist es schwarz wie die Nacht! Mit gefesselten Händen im Dunkeln herumlaufen geht nicht. Zu gefährlich, wenn wir fallen.
Bob: Rollen. Wir rollen herum, bis wir ihn finden!
Peter: Okay. Kann klappen. Wir müssen nur aufpassen, dass wir nicht plötzlich in einen Schacht oder so was fallen!
Bob: Wieso sollte hier ein Schacht sein?
Peter: Wieso nicht? Was wissen wir, wo wir uns befinden.
Bob: Der Boden ist aus Beton. Könnte eine Lagerhalle sein. Nein, kleiner als eine Halle, es hallt nicht, wenn man spricht. Oder vielleicht eher ein Keller, weil es so dunkel ist. Jedenfalls irgendein Raum.
Peter: Ja, ein Raum wird's wohl sein, Bob. Aber wo befindet sich dieser Raum?
Bob: Keine Ahnung. Wir wissen nicht, wie lange wir bewusstlos waren. Wir können überallhin geschleppt worden sein. Rocky Beach. Santa Monica. Long Beach. Hafen. Schiff. Übersee. Australien. Japan …
Peter: Hör auf, Bob!
Bob: … Russland. Sibirien!
Peter *(hoffnungsvoll):* Für Sibirien ist es hier zu warm!
Bob: Umso besser. Also lass uns losrollen und Justus suchen!
(Ein Wälzen, ab und zu ein Stöhnen.)
Peter *(spuckt aus):* Ganz schön dreckig hier! Und der Raum ist doch groß, das geht ja ewig weiter … Au! Hier ist eine Wand.
Bob: Hier auch!

Peter: Mir ist schwindelig, Bob.
Bob: Dann dreh dich einfach in die andere Richtung!
(Erneutes Wälzen.)
Nichts. Und bei dir?
Peter: Auch Fehlanz... umpff ... was ist das? Ein Pfosten. Viereckig. Was macht der denn hier? Stützt wahrscheinlich was ab oder so. Bob, ehrlich gesagt würde ich ungern weitermachen. Ich sehe rein gar nichts. Wer weiß, wo wir hinrollen. Da gibt es bestimmt irgendeine Treppe abwärts. Oder ein Verlies!
Bob: In einem Verlies stecken wir bereits, Peter. In einem richtig schwarzen Loch!
Peter: Aber den Hals möchte ich mir nicht auch noch brechen. Ich ruf noch mal: Justus! Hallo? Justus!
(Stille.)
Bob: Vielleicht ist Justus gar nicht da?
Peter: Sag nicht so was! Au, Mann! Wir hätten den Job niemals annehmen dürfen!
Bob: Peter! Das behauptest du jedes Mal, wenn wir in Gefahr geraten! Bisher sind wir aber auch jedes Mal wieder herausgekommen!
Peter: Dein Blick in die Vergangenheit hilft uns jetzt leider nicht weiter! Die Uhr wird immer zurück auf null gestellt. Bisher haben wir einfach nur viel Glück gehabt.
Bob: Außerdem war es kein Job, Peter. Dieses Mal hatten wir keinen Auftrag! Niemand hat uns um etwas gebeten. Wenn da nicht diese Frau am Hafen ein Gespräch mitgehört hätte, wäre gar nichts geschehen.
Peter: Was ist das denn für eine Logik, Dritter?

Bob: Immerhin ging es um die Diebesserie, die seit Wochen ganz Rocky Beach in Atem hält.
Peter: Das weiß ich doch auch, Bob: Kunstschätze verschwinden, einer nach dem anderen, zuletzt die Bilder *Die ungleichen Zwillinge* und *Später Stunde Blau.* Niemand weiß, wie und wohin. Straßenkontrollen, Razzien am Hafen, nichts.
Bob: Und da konnten wir doch wohl nicht untätig bleiben. Wenn vor unserer eigenen Haustür Diebesgut transportiert wird wie bei einem Pizzalieferdienst!
Peter: Ich weiß. Justus kannte seit Tagen kein anderes Gesprächsthema mehr. Euch reizt so was. Mich aber nicht! Ich hätte mich stattdessen um Kelly kümmern sollen. Sie macht irgendwann noch Schluss mit mir deswegen.
Bob: Tut mir leid, Peter, dafür habe ich kein Verständnis! Wenn man mit einem Mitglied der drei ??? zusammen ist, weiß man, worauf man sich einlässt! Das ist, als ob du mit einer Polizistin in Los Angeles verheiratet bist. Du willst gemeinsam ins Kino gehen – da kommt der Anruf und das Kino findet ohne dich statt! Oder du liegst gemütlich am Strand – da klingelt das Handy und du landest Downtown L. A.!
Peter: So ist das vielleicht im Film, Bob. In Wirklichkeit haben auch Polizisten Einsatzpläne. Und neben der Arbeit auch Urlaub. Nur wir nicht. Wir sind immer zu haben! Vermisst du nicht manchmal eine Freundin, Bob? Wie war das denn mit Lesley? Los, sag mal!
Bob: Das ist gerade nicht das Thema, Peter!
Peter: Doch, das ist es! Also! Spuck aus! Du bist doch gar nicht so ein Eremit wie Justus, oder?
Bob: Seit wann weißt du denn, was ein Eremit ist?

Peter: Das hat mir Justus mal erklärt.
Bob: Toll. Aber wir sollten uns jetzt dringend darum kümmern, wie wir hier rauskommen! Bevor es zu spät ist!
Peter: Ganz einfach! Justus wird uns befreien und uns danach bei einer Cola in der Zentrale unsere Fehler erklären!
Bob: Warum bist du denn so aggressiv, Peter?
Peter: Weil ... ach was! Ich habe es einfach satt, immer mein Leben aufs Spiel zu setzen! Ich fühle mich wirklich ... hilflos hier! Ich hab Angst! Wenn wir das überleben, hänge ich meinen Detektivjob an den Nagel, davon kannst du ausgehen!
Bob: Da wette ich dagegen! Spätestens beim nächsten Auftrag bist du wieder dabei!

(Schweigen.)

Peter *(leise):* Kann sein. Aber vielleicht befreit uns Justus ja wirklich. Mit hier drin scheint er jedenfalls nicht zu sein.
Bob: Und ich würde mir mit Freude alle meine Fehler vorhalten lassen, wenn er uns hier rausholt! Hauptsache, weg von hier!
Peter: Geht mir genau so. Hoffentlich hat er sich nicht so blöde reinlegen lassen wie wir. Wenn wir nur wüssten, was die Entführer mit uns vorhaben. Vielleicht lassen sie uns einfach hier verdursten!
Bob: Die haben bestimmt Lunte gerochen, dass wir sie überwachen, und uns aus dem Weg geräumt!
Peter: Aber Justus haben sie nicht entdeckt!
Bob: Bestimmt hat er sich besser versteckt. Am ersten Höhlenausgang ist das Gelände unwegsamer. Dort stehen Felsen und da wächst Gestrüpp. Wo hast du eigentlich Position bezogen?

Peter: Hinter einem wilden Salbei. Allerdings waren die Zweige nicht sehr dicht. Aber von dort aus konnte ich den Eingang gut einsehen. Wenn jemand was reintransportiert hätte, wäre mir das sofort aufgefallen.
Bob: Vielleicht hätten wir lieber den unterirdischen Ausgang der Höhle überwachen sollen.
Peter: Du meinst den Gang, der ins Meer rausgeht?
Bob: Du musst zugeben, ein genialer Weg ist das schon, Dinge aus Rocky Beach zu schmuggeln: Du verpackst alles wasserdicht und bringst es dann per Taucher zu einem Schiff, das ein paar hundert Yards vor der Küste liegt. Auf diese Lösung hätten wir selbst kommen können! Immerhin kennen wir die Stelle seit Jahren.
Peter: Stimmt. *(Er hustet.)* Wir haben ganz schön Staub aufgewirbelt mit unserer Rollerei!
Bob: Justus wird uns nicht im Stich lassen, Peter, du wirst sehen! Er ist wie immer allen eine Nasenlänge voraus!
Peter: Still! Da war was!
Bob: Justus! Justus?

(Entfernt gedämpfte Schritte. Ein Riegel wird zurückgeschoben. Heftiges Ruckeln. Eine Tür kreischt.)

Peter *(flüsternd):* Was sollen wir tun, Bob?
Bob *(noch leiser):* Rufen? Oder besser abwarten?
Peter: Was, wenn es nicht Justus ist?

(Schritte von zwei Personen, lauter werdend.)

Bob *(zischend):* Da kommen zwei Leute! Ich höre es an den Schritten! Klingt, als würden sie eine Treppe heruntersteigen. Wer weiß, wer das ist! Los! Am besten stellen wir uns schlafend!

(Die Schritte nähern sich. Deutliches Ächzen und Stöhnen, nun ganz nahe. Etwas Gewichtiges fällt zu Boden. Dann entfernen sich die Schritte wieder. Die Tür wird krachend geschlossen und verriegelt. Ein gedämpftes Bellen. Ein kurzer, unverständlicher Befehl. Dann Stille.)

Peter *(zitternd):* »Wwwer war das?«

Bob: Jedenfalls nicht Justus! Wenn das Justus gewesen wäre, hätte er den Raum untersucht! Und unsere Namen gerufen! Nein, das war er nicht! Das ... das waren bestimmt die Leute, die uns entführt haben! Hast du den Hund da draußen gehört? Mist, dass wir die Augen nicht aufmachen konnten. Die hatten Lampen dabei, dann hätten wir wenigstens gewusst, was das hier für ein Raum ist. Aber wenn die gemerkt hätten, dass wir wach sind, hätten sie uns gleich wieder eine verpasst!

Peter: Und was haben die da hergeschleppt?

Bob: Vielleicht ...

(Ein Stöhnen.)

Peter: Hey!

Bob: Hallo! Bist du das, Justus?

(Erneutes Stöhnen.)

Just?

Justus *(wie aus einem Traum):* Ja, das ... Oje ... mir ist ganz ... schwindelig.

Peter: Mensch, Justus! Wir dachten, du kommst uns befreien!

Justus *(jetzt klarer):* Befreien? Das ist ja ein netter Empfang, Kollegen. Helft mir lieber mal! Ich bin gefesselt. Und warum ist es so dunkel? Ein Verlies?

Peter: Wir sind selber gefesselt, Justus, und haben keine Ahnung, wo wir sind.
Justus: Dann ... wartet mal: Wir liegen hier zu dritt gefesselt in diesem dunklen Loch? Ist das unsere Situation?
Peter: Besser hätte ich es nicht ausdrücken können.
Bob: Und wir haben keine Ahnung, wie wir hierhergekommen sind.
Justus: Kommt einer von euch an eine Taschenlampe heran?
Peter: Die hat man uns abgenommen, Justus. Auf die Idee wären wir sonst auch schon gekommen. Und deine?
Justus: Sie müsste in der Hosentasche stecken. *(Wälzt sich herum.)* Sie ist nicht mehr da! Wäre auch zu schön gewesen. Also müssen wir analysieren und nachdenken, Kollegen. Wie wurdet ihr überwältigt?
Bob: Bei mir lief es so ab: Ein Hund fiel mich an und danach kann ich mich an nichts mehr erinnern. Ich hab wohl eins auf den Kopf bekommen und bin hier aufgewacht.
Peter: Genauso war es bei mir!
Justus: Ja, und bei mir in etwa auch. Ich hatte mich sehr klug hinter einem strategisch hervorragend gelegenen Felsen versteckt. Plötzlich nahm mich ein American Staffordshire Terrier ins Visier. Zunächst war ich wie erstarrt. Zum Glück fiel mich der Hund nicht an, sondern blieb bellend ein paar Meter entfernt stehen. Ich redete ruhig auf ihn ein, das brachte das Tier etwas durcheinander. Ich stellte zudem fest, dass es an mir vorbeisah, und schloss messerscharf: Dort musste sich noch eine Person befinden! Ich drehte mich zur Seite und starrte in ein furchtbares ...

Peter: Justus!
Justus: … Gesicht! Vielmehr eine Maske aus Silikon, wie man sie in Horrorfilmen verwendet. Irgend so ein Ork. Die Maske gab einen Befehl und der Hund bellte noch lauter. Automatisch drehte ich mich zu ihm. In dem Moment umklammerte mich der Ork und drückte mir den Arm nach hinten. Dann war da plötzlich noch jemand. Ich konnte die Person nicht richtig sehen. Aber sie stach mit einer Spritze in meinen durch den Orktypen fixierten Arm. Sehr schnell und professionell. Nach wenigen Sekunden verlor ich das Bewusstsein!
Bob: Die haben dich betäubt!
Justus: Euch wahrscheinlich auch. Aber erst nachdem ihr eins auf den Kopf bekommen habt.
Peter: Aber wie konnten die uns alle gleichzeitig erledigen? Oder waren es ganz viele?
Justus: Ich vermute, sie haben uns nacheinander eingesammelt und hierhergebracht.
Bob: Aber warum? Und woher wussten die von uns?
Justus: Darauf habe ich noch keine Antwort. Kurz bevor der Hund auftauchte, habe ich versucht, euch auf dem Funkgerät zu erreichen. Es meldete sich niemand. Ich habe es auf eine schlechte Verbindung geschoben, aber wahrscheinlich wart ihr da schon bewusstlos.
Peter: Stimmt! Die Funkgeräte sind auch verschwunden!
Bob: Die Kunsträuber müssen uns entdeckt haben oder jemand hat ihnen einen Tipp gegeben. Da wollten sie uns aus dem Weg räumen. Und wenn wir Pech haben, tun sie uns noch was Schlimmeres an!

Justus: Davon ist derzeit nicht auszugehen. Wenn sie das vorgehabt hätten, hätten sie schon längst die Möglichkeit dazu gehabt. Ich denke, sie wollten ihre Schmuggelaktion ungestört durchführen. Wahrscheinlich zum letzten Mal. Das hoffe ich wenigstens. Sonst könnte es doch noch eng werden für uns. Aber auch so ist es durchaus unvorteilhaft, ja geradezu misslich, dass wir in diesem Fall so …

Peter: … versagt haben? Meinst du das, Justus?

Justus: … so ein vorläufig ernüchterndes Zwischenergebnis erreicht haben, das meine ich.

Peter: Mit anderen Worten: dass wir total in der Tinte sitzen! Und zwar alle drei!

Bob: Also lassen wir alles in Ruhe noch einmal Revue passieren. Von Anfang an. Was war das für eine Person, die am Hafen das Gespräch mitbekommen und dir den Tipp gegeben hat, Justus?

Justus: Vorgestellt hat sie sich als Kajsa Wiberg. Braunhaarig, Mitte dreißig, still, bieder.

Bob: Warum ist sie eigentlich nicht zur Polizei gegangen?

Justus: Habe ich natürlich gefragt. Sie lebt illegal hier. Kam ursprünglich aus Schweden und ist nicht wieder zurück. Eine Liebesgeschichte. Ich sage euch: Lasst das mit diesen Liebesgeschichten! Wobei: Wenn es nicht solche Situationen gäbe wie bei Mrs Wiberg und wir gerufen werden, würden der Polizei vor lauter Arbeit viele Fälle davonschwimmen und wir hätten ein entschieden langweiligeres Leben.

Bob: Und woher kannte sie uns?

Justus: Mark aus der Hafenbar hat uns empfohlen. Danke,

dass ihr gleich gekommen seid, als ich euch in die Zentrale bestellt habe. Ich weiß, dass du mit Kelly verabredet warst, Peter. Ich finde es toll, dass du ohne Diskussion sofort mitgemacht hast. Das ist ja nicht immer so.

Peter *(etwas bitter):* Man muss halt Schwerpunkte setzen. Und ein ausgeglichenes Sozialleben wird ja auch weithin überschätzt! Dafür hat man immer noch Zeit, wenn man im Ruhestand ist.

Justus: Wie meinst du das, Peter?

Bob *(dazwischen):* Peter meint es schon irgendwie. Lasst uns jetzt bitte überlegen, wie wir hier herauskommen! Schließlich haben wir heute Abend noch was vor.

Justus: Du sprichst über die Erbschaftsübergabe und das Dinner mit Lewis Anderson? Ich fürchte, das können wir abschreiben. Obwohl ich liebend gerne hingegangen wäre. Ich schätze, er hätte am Essen nicht gespart!

Peter: Du denkst immer nur an deinen Magen, Justus! Ich hätte ihn gerne wiedergesehen. Ist einfach ein netter Kerl.

Justus: Stimmt, und es ist ein schöner Zug von ihm, dass er uns zur Belohnung eingeladen hat, weil wir ihm zu seiner Erbschaft verholfen haben.

Bob: Jaja, das ist ja alles richtig! Aber ich würde gerne auf unser eigentliches Thema zurückkommen: Vielleicht hat Mark das, was die Frau mitgehört hat, noch jemand anderem erzählt. Er redet viel, wenn der Tag lang ist. Und so kann es sich zu den Schmugglern herumgesprochen haben.

Justus: Das könnte in der Tat erklären, warum wir uns in dieser unbefriedigenden Lage befinden. Wenn wir draußen sind, werden wir Mark in die Mangel nehmen!

Peter: *Wenn* wir hier rauskommen! Im Moment komme ich mir vor wie in einem Film *ohne* Happy End.
Bob: Eher wie in einem Theaterstück, bei dem die Bühne finster bleibt.
Justus: Ich würde sagen wie in einem Hörspiel, da sieht man eh nichts! Wobei ich allerdings davon ausgehe, dass wir am Ende ...
Peter *(aufgeregt dazwischen):* Wartet mal! Da war doch dieser Pfosten, an den ich beim Herumrollen gestoßen bin. *(Er rutscht herum.)* Hier ist er.

(Klopfen auf Metall.)

Er ist aus Metall! Die Oberfläche fühlt sich aber irgendwie rau an. Verrostet. Wenn ich mich mit dem Rücken an die Ecke lehne ... Ja! Das könnte funktionieren!

(Ein schabendes Geräusch.)

Bob: Peter, glaubst du, du kannst den Kabelbinder durchtrennen?
Peter: Ich ... denke, das bekomme ich hin!

(Anhaltendes Schaben, hin und wieder Peters leises Ächzen. Plötzlich entferntes Pochen.)

Bob: Was ist das? Sei mal still, Peter!
Peter: Ja, ich habe es auch gehört. Da draußen ist jemand! An der Tür. Die Entführer?
Justus: Beeile dich, Peter. Es würde uns einen entscheidenden Vorteil verschaffen, wenn du einsatzbereit wärst! Aber warum klopft derjenige und macht die Tür nicht auf? Es muss jemand anders sein. Hilfe! Hilfe!!
Bob: Hilfe! Hört ihr uns nicht?

(Stille.)

Justus: Die hören uns nicht. Los, mach schon, Peter! Du musst die Fessel abbekommen und zur Tür!

Peter: Ich versuche es ja! Au! Das tut ganz schön weh. Jetzt habe ich mich auch noch an der Kante geschnitten!

Justus: Ganz ruhig, Peter. Nicht hektisch werden. Das kostet nur Zeit.

Peter: Ja, ja doch! Du hast gut reden. So ...

(Ein kleiner Knall, als ob etwas zerreißt.)

Geschafft! Kollegen, ich bin frei!

Justus: Zumindest frei von diesen Fesseln. Beeil dich, Peter! Sonst sind die wieder weg. Das ist vielleicht unsere einzige Chance!

(Wieder ein Klopfen, Schleifen und Ruckeln von der Tür her.)

Peter: Oh, meine Muskeln! Wenn ich bloß was sehen könnte! Ich taste mich lieber im Knien vorwärts. Aus dieser Richtung sind die Kerle gekommen.

(Rutschgeräusche.)

Hier, da ist die Treppe. Mit Geländer, da kann ich aufstehen.

(Schritte, die sich langsam entfernen.)

Peter *(schon ziemlich weit weg):* Hier ist die Treppe zu Ende, ein Gang ... Au! Eine Tür. Hallo! Hilfe!

(Lautes Hämmern gegen die Tür. Gedämpfte Antwort, aber zu leise, um etwas zu verstehen.)

Peter: Kelly? Bist *du* das, Kelly?

Bob: Kelly ist da? Wie kommt die denn hierher? Die schickt ja der Himmel!

Peter: Kelly, Gott sei Dank, hol uns hier raus!

...

Peter: Mein Liebesversteck? Was redest du da, Kelly? Wir sind hier gefangen!

...

Peter: Was für eine Hexe? Mit der ich mich heimlich ... was?? Hör doch auf, Kelly!

...

Peter: Nein! Ich war in keinem Auto. Und schon gar nicht mit einer anderen Frau! Nun mach bitte schön die Tür auf. Wir sind in Not!

...

Peter: Du musst mich verwechselt haben. Ich bin nirgends mitgefahren! Und ich habe auch nicht beseelt vor mich hin geträumt!

...

Peter: Kelly, spionierst du mir etwa nach?

...

Peter: Du spinnst doch! Nein, ich habe mich mit niemandem getroffen. Auch nicht mit einem Mädchen. Wir stecken mitten in einem Fall!

...

Peter: Da lief noch nie eine andere Geschichte! Zumindest nicht, was du denkst. Wir haben Fälle gelöst, immer nur Fälle!

...

Peter: Doch, genau so viele Verbrechen passieren hier! Und zwar ständig und andauernd. Und wieso tauchst du überhaupt erst jetzt auf, wenn du mir schon die ganze Zeit nachspionierst?

...

Peter: Uns ist gar nichts ausgegangen und schon gar kein Sekt! Mach jetzt sofort die Tür auf!

...

Peter *(drohend):* Doch! Ich sag das genau in diesem Ton! Aufmachen! Sofort! Sonst ...

...

Peter: Sonst wirst du es büßen! Das ist doch total zickig!

Bob: Justus, ich glaube, da geht gerade etwas furchtbar schief. *(Schreit.)* Peter!

Peter: Kelly! Kelly!!

(Wildes Hämmern gegen die Tür.)

Kelly! Kelly? Kelly? Mist, ich glaube, sie ist weg. Kelly! *(Kommt zurück.)* Sorry, Kollegen! Die hat es verbockt!

Justus: Du hast es verbockt!

Peter: Ich? Wieso ich, Justus?

Justus: Du hast sie als zickig bezeichnet!

Peter: Was sie wohl ja auch ist.

Justus: Wenn man in der Falle sitzt, sollte man nicht zu rechthaberisch sein. Und Eifersucht ist für dich ja auch nicht gerade ein Fremdwort. Außerdem hat sie es, aus ihrer Perspektive betrachtet, wirklich nicht leicht mit dir.

Peter: Justus, was erzählst du da? Das sagst ausgerechnet du?

Justus: Ich sprach von ihrer Perspektive, Zweiter. Die Anzahl unserer Fälle ist aus Sicht anderer nicht gerade beziehungsfördernd.

Peter: Ach nee! Da geht es Kelly aber nicht anders als jeder Frau eines Polizisten in Los Angeles.

Justus: Die haben Einsatzpläne. Und neben der Arbeit auch Urlaub. Wir hingegen verwenden den Urlaub für unsere Einsätze. Ich gebe zu, dass ich es einfacher habe als du. Ich setze klare Prioritäten. Erst kommen die Aufträge und mit ihnen die drei ???. Das eine folgt aus dem anderen und umgekehrt. Dann kommt lange nichts.

Peter: Und wenn sie nicht gestorben sind ... Mal ehrlich, Just: Hättest du nicht auch manchmal gern eine Freundin?

Justus: Es wäre nun wirklich an der Zeit, dass du uns deinen Pfosten zeigst, damit wir uns auch von den Fesseln befreien können, Peter!

Bob: Endlich mal ein vernünftiger Vorschlag! Ich zuerst!

Peter: Warte. Ich setz dich an die Eisenkante ... So, hier!

(Geraschel, dann anhaltendes Schaben im Hintergrund.)

Justus: Was genau hat Kelly gesagt, Peter?

Peter: Fängst du schon wieder an?

Justus: Bitte, Peter.

Peter: Angeblich hat sie gesehen, wie ich neben einer Frau im Auto gesessen habe. Das ist doch Quatsch hoch zehn!

Justus: Nicht unbedingt. Denk dran, die haben dich betäubt. Sie könnten dich zu einem Auto getragen, die Lehne des Beifahrersitzes etwas zurückgedreht und dich daraufgelegt haben. So sind sie dann mit dir durch die Gegend gefahren – mit einer Frau am Steuer. Aber warum so auffällig? Warum haben sie dich nicht in den Kofferraum gelegt? Lass mich raten – Kelly hat von einem Kleinwagen gesprochen.

Peter: Korrekt! Ein kleiner roter Honda Coupé. Wenn du schon alles weißt, warum ...

Bob: Aber es waren doch zwei Entführer!

Justus: Richtig. Entweder lag der Orktyp auf dem Rücksitz oder es gab noch einen dritten Komplizen, der hier gewartet und geholfen hat, uns hier runterzuschleppen. Ein Kleinwagen also. Darum haben sie uns nacheinander abtransportiert. Es müssen also eher kurze Wege gewesen sein. Aber dass Kelly dich gesehen hat! Hat sie dir nachspioniert?

Peter: Ja! Hat sie! Bestimmt. Auch wenn sie das Gegenteil behauptet. Sie sagte, sie wollte zum Strand und habe mich zufällig entdeckt.

Justus: Das ist auch durchaus plausibel. Wenn sie dich überwacht hätte, hätte sie ja auch mitbekommen, wie du überfallen wurdest.

Peter: Nun verteidige sie nicht andauernd!

Justus: Ich ziehe nur meine Schlüsse. Mutmaßlich war Kelly auf dem Weg zum Sandstrand, der nördlich der Höhlen liegt. Dann habe ich auch eine Idee, wo wir uns befinden. In der stillgelegten Schlachterei abseits des Highways.

Bob: Das könnte wirklich sein, Justus! Nur leider hilft uns das gerade wenig. Hoffentlich bekomme ich diese Plastikdinger bald los!

Justus: Was hat Kelly noch gesagt, Zweiter? Konnte sie die Frau am Steuer beschreiben?

Peter: Ja. Eine blonde Hexe.

Justus: Ah, ja.

Peter: Und eine dumme Nuss sei sie auch noch. Genauer konnte ich leider nicht nachfragen.

(Wieder ein Knall, als ob etwas zerreißt.)

Bob: Ich bin frei! Endlich. Wie toll sich das anfühlt! Danke, Peter! Just, jetzt bist du dran.

(Geraschel, dann Schaben.)

Justus: Sehr gut. Auch wenn wir noch eingeschlossen sind,

verbessert es unsere Lage immens, nicht mehr gefesselt zu sein. Falls die Entführer zurückkommen, werden wir sie überraschen und die Situation für uns nutzen!

Bob: *Falls* sie zurückkommen. Schließlich haben sie uns jetzt alle drei hier abgeliefert.

Justus: Ich fürchte, die Kunsträuber werden nun zügig die Ware aus dem Ort schmuggeln und auf Nimmerwiedersehen verschwinden.

Bob: Wahrscheinlich tauchen *Die ungleichen Zwillinge* gerade durch den Höhlengang im Meer.

Peter: Die ungleichen Zwillinge … Sag mal, Bob, Lewis Anderson, der uns heute Abend eingeladen hat und dem wir die Erbschaft besorgt haben, der hat doch einen eineiigen Zwillingsbruder?

Bob: Ja. Joe Anderson. Das schwarze Schaf der Familie und im Gegensatz zu Lewis Anderson ganz und gar nicht nett. Warum?

Peter: Ich komme da gerade auf eine ganz seltsame Idee. Heute Abend soll doch das Gold übergeben werden. Was ist, wenn zu dem Treffen gar nicht Lewis erscheint, sondern Joe?

Bob: Du meinst …

Peter: Ja! Um sich statt seiner das Gold zu schnappen!

Bob: Aber wir kennen Lewis doch gut genug, um den Schwindel zu bemerken!

Justus: Nur dass wir ja leider verhindert sind. Na klar, Peter! Du willst sagen, hier läuft eine ganz andere Geschichte?! Warum bin ich nicht darauf gekommen?

Peter: Weil du total auf die Kunsträuber fixiert bist, Just! Seit Tagen kannst du an kaum etwas anderes denken!

Justus: Ich gebe zu, dass die Fähigkeit zur Fixierung auch eine Schwäche darstellen kann. Aber zum Glück sind wir ja ein Team. Und eben hast du ins Schwarze getroffen, Peter! Heute Abend soll Lewis von Notar Pallister das Gold erhalten. Er hat es bei der Bank besorgt und allen Papierkram geklärt. Und weil wir Lewis geholfen haben, sind auch wir eingeladen. Versteht ihr, Kollegen? Bei unserer Entführung ging es gar nicht um die Kunsträuber! Wir sollen wegen der Veranstaltung heute Abend aus dem Weg geräumt werden! Das Thema ist: Andersons Erbe!
Bob: Sein Erbe? Ah ... ich kapiere!
Justus: Die braunhaarige Frau am Hafen, die mir den Tipp gegeben hat, trug vielleicht eine Perücke. Unter der sie ...
Bob: ... blond war.
Peter: Die blonde Hexe? Kajsa Wiberg ist die blonde Hexe? Hmmm. Die haben sich also an die Kunsträubergeschichte nur drangehängt, um uns eine Falle zu stellen! Wisst ihr, was mir gerade einfällt? Lewis hat ja nicht viel von seinem Bruder erzählt. Aber einmal hat er erwähnt, dass der eine Freundin habe, die als Ana... also Anastasia ...
Justus: Die als Anästhesistin arbeitet? Als Fachfrau fürs Betäuben? Die Frau mit der Spritze! Das ist mehr als ein Zufall, Peter.
Peter: Lewis Anderson erwähnte es in dem Zusammenhang, dass sie seinen Bruder bei einer medizinischen Untersuchung kennengelernt habe.
Bob: Wenn die Tippgeberin Wiberg also die Frau ist, die uns entführt hat, und sie ist die Freundin von Joe Anderson ... dann haben die beiden uns zu den Höhlen gelockt, damit sie

uns in Ruhe betäuben und hier ablegen konnten. Und zwar damit wir heute Abend nicht zu der Goldübergabe kommen können! Das kann doch nur eins bedeuten: Joe will sich anstelle von Lewis die Erbschaft abholen! Wahrscheinlich haben sie den auch außer Gefecht gesetzt. Und uns wäre aufgefallen, dass es sich um den falschen Bruder handelt, der bei Notar Pallister aufschlägt. Dazu haben wir den richtigen viel zu oft gesehen.

Justus: Perfekt, Bob. Oder es wäre irgendwann im Gespräch eine Situation eingetreten, in der der falsche Anderson eine spezielle Erinnerung nicht parat gehabt hätte. Und aufgeflogen wäre. Notar Pallister hingegen kennt ihn ja kaum. Er wäre der Täuschung erlegen! Wenn wir nur etwas tun könnten!

(Erneut ein Knall, als ob etwas zerreißt.)

Immerhin sind jetzt auch meine Fesseln weg.

Peter: Also haben wir den Fall unseres Verschwindens gelöst, Kollegen! Nur leider hilft uns das nichts! Wir sitzen hier fest! Joe Anderson wird sich das Gold abholen, mit seiner Freundin verschwinden und sich ein schönes Leben machen. Danke, Kelly, danke!

Justus: Was hat dir Kelly eigentlich zum Schluss noch gesagt?

Peter: Du musst auch wirklich alles wissen, oder? Dass ich ein lieber, netter und kluger Kerl bin, der beste, dem sie je begegnet ist, mir alles verzeiht und heute Abend auf mich wartet! Was sonst?

Justus: Das soll ich dir glauben?

Peter: Also gut. Sie gab mir einen ganz großartigen Tipp.

Dass ich mich doch selbst befreien soll, wenn ich kräftig genug bin!

Justus: Hmm. Selbst befreien, kräftig genug …

Peter: Just! Du meinst …? Dann sehen wir uns die Tür doch mal genauer an. Kelly mag zwar eine Zicke sein, aber das Herz hat sie an der richtigen Stelle. Immer! Los, Kollegen!

(Herumkriechen, dann Schritte die Treppe hinauf.)

Justus: Hier ist die Tür. Ich drücke jetzt dagegen. Nichts.

Bob: Ist ja auch verschlossen.

Justus: Vermeintlich verschlossen, Bob. Vor allem eingerostet, wenn mich mein Tastsinn nicht täuscht.

Bob: Du meinst, sie klemmt nur? Ja, erinnerst du dich an die Geräusche, als sie Justus gebracht haben, Peter? Ein Riegel wurde weggeschoben, dann ein Ruckeln, dann ein Kreischen. Vielleicht ist sie so schwergängig, dass Kelly sie nicht aufbekommen hat. Aber vielleicht hat sie den Riegel zurückgezogen.

Justus: Dann bitte ich um deinen Einsatz, Peter. Meine Schultern sind leider nicht so stark wie deine!

Peter: Ich glaube, das ist dir manchmal auch ganz recht so!

(Es kracht einmal. Ein zweites Mal. Dann fliegt kreischend die Tür auf.)

Peter: Puh! Die Tür hat wirklich nur geklemmt! Wir sind frei! Ach Kelly, danke …

Bob: Los, auf zu Notar Pallister!

Justus: Noch sind wir nicht zu spät! Wir werden den falschen Bruder enttarnen! Denn eins ist klar, Kollegen: Sind wir auch gefesselt im finstersten Stall, wir lösen trotzdem jeden Fall!

Das schwarze Nest

Es war ein drückend heißer Augustnachmittag. Die Zentrale der drei ???, ein verblüffend schlecht versteckter Abfallcontainer auf dem Gelände des ›Gebrauchtmüllcenters Titus Jonas‹, hatte inzwischen Saunatemperatur erreicht. Darüber hinaus sorgte der kondensierende Schweiß, der als ölig glänzende Suppe an den Innenseiten des Containers herabperlte, für eine Luftfeuchtigkeit von deutlich über hundert Prozent. Im Augenblick befanden sich nur der pummelige Erste Detektiv Justus Jonas und sein hasenfüßiger Kollege Peter Shaw in der Zentrale. Es herrschte absolute Grabesstille, die lediglich hin und wieder durch die zarten Ballettsprünge ihres tanzenden Weckers durchbrochen wurde. Mit ausdruckslosen Gesichtern hockten die Jungen auf umgedrehten Plastikeimern an ihrem selbst geschnitzten Styroportisch und warteten darauf, dass jemand anrief, um sie mit einem Fall zu beauftragen. Das taten sie nun schon seit drei Monaten. Ihr schwarzer Mynahvogel Blacky lag bäuchlings auf dem Boden seines Käfigs und tauchte alle fünf Sekunden in pendelartigen Bewegungen das aufgedunsene Köpfchen zwecks Abkühlung bis zum Anschlag in seine Trinkschale. Bob Andrews, der schmächtige, für Lesen, Schreiben und Bruchrechnen zuständige dritte Detektiv, war derzeit außer Dienst. Er hatte sich am Vortag bei der spektakulären Suche nach seinem eigenen Notizbuch das linke Ohrläppchen verstaucht und deshalb seine sofortige Einlieferung ins Krankenhaus veranlasst.

Urplötzlich sprang der Erste Detektiv auf und starrte mit flatternden Augenlidern seinen Freund an. »Schnell – schalt den Verstärker ein, Just, damit wir mithören können!«

»*Du* bist Just und es hat nicht geklingelt«, erwiderte Peter genervt. »Wegen des Sauerstoffmangels in diesem Glutofen hast du schon wieder Wahnvorstellungen.«

»Oh ...« Betreten nickend ließ sich Justus zurück auf seinen Platz plumpsen. Kurz darauf hellte sich seine Miene jedoch wieder auf. »Aber vergiss nicht den Einbruch von heute Morgen! Dieser mysteriöse Vorfall ist noch absolut ungeklärt!«

»Der Vorfall war weder mysteriös noch ein Einbruch«, korrigierte der Zweite Detektiv ungehalten. »Tante Mathilda hat nur die Container verwechselt und ihren Haushaltsmüll bei uns reingeschmissen.« Er rümpfte angewidert die Nase. »Die bezaubernde Mischung aus Bananenschalen, faulen Eiern und Fischresten wird man noch in einem halben Jahr riechen können.«

»Ach ja.« Justus' Blick trübte sich wieder, während er gedankenverloren die Kühlschranktür öffnete. Beim Thema Essen hatte ihn augenblicklich der Hunger gepackt und so verzehrte er spontan eine Familienpackung Donuts mit Mayonnaise. Nach einer weiteren Stunde stumpfsinnigen Nichtstuns durchschnitt ein ohrenbetäubend schrilles Klingeln die stinkige Luft. Brutal aus seinem tranigen Halbschlaf gerissen, fiel Justus rücklings vom Eimer, rappelte sich hastig wieder auf und deutete fassungslos auf das steinalte Wählscheibentelefon. »Siehst du das? Das Ding bimmelt und hört gar nicht mehr auf! Was mach ich denn jetzt?«

»Nimm ab!!«, brüllte Peter, wild mit den Armen rudernd.

»Ausgezeichnete Idee, Kollege!« Mit vor Aufregung zitternder Hand griff Justus zum Telefonhörer und presste ihn ans Ohr. »Hier Justus Jonas von den drei Detektiven.«

In der folgenden Minute lauschte er gebannt den Ausführungen des Anrufers und legte anschließend mit den Worten »Sie können sich voll und ganz auf uns verlassen, Sir!« wieder auf. Dann wandte er sich glückstrahlend an seinen Freund. »Na, was sagst du dazu?«

»Gar nichts, weil ich kein Sterbenswörtchen verstanden habe!«, fauchte Peter.

Verwirrt stutzte der Erste Detektiv. »Aber warum hast du denn nicht den Verstärker eingeschaltet?«

»Ich *habe* ihn eingeschaltet«, stellte Peter klar, »aber der gibt keinen Mucks von sich.«

Unvermittelt klatschte sich Justus mit der flachen Hand an die schweißnasse Stirn, sodass die Tropfen nur so spritzten. »Stimmt, das hatte ich ganz vergessen! Ich hab die Technik vom Verstärker ja letzte Woche rausgenommen und in meinen Sandwichtoaster eingebaut.«

Drei Sekunden lang herrschte völlige Stille.

»Ich mag das Knuspergeräusch doch so gern«, verteidigte sich Justus, aber Peter wedelte nur gereizt mit den Händen, um dieses Thema schnellstmöglich zu beenden.

»Würdest du mir jetzt bitte verraten, wer da angerufen hat?«

»Das war Mr Smathers, unser alter Bekannter aus dem Bergmonster-Abenteuer«, erwiderte Justus freudig. »Er hat seinen Fußwärmer verlegt und nun beauftragt er uns damit, den wiederzufinden. Wir haben einen neuen Fall!«

»Mr Smathers?« Perplex legte Peter den Kopf schief. »Dieser

Öko-Opi hat sich doch inzwischen endgültig in der Sierra Nevada niedergelassen und wohnt jetzt in einem möblierten Erdloch am Lake Tahoe. Bis dahin fährt man mit dem Auto acht Stunden!«

»Das ist mal wieder typisch«, beschwerte sich Justus. »Da haben wir nach all der Zeit endlich einen Klienten, aber anstatt dass du dich freust, gibt's nur Gemecker.«

Der Zweite Detektiv schnaubte lautstark. »Entschuldige, dass ich vor Begeisterung nicht an die Decke springe, aber die Suche nach einem verschwundenen Fußwärmer ist ja nun nicht gerade ein Spitzenauftrag.«

Das war allerdings nur die halbe Wahrheit. Der eigentliche Grund für Peters Unmut war die Tatsache, dass er wegen einer möglichen Wiederbegegnung mit dem Bergmonster schon jetzt die Hosen gestrichen voll hatte.

»Darf ich dich höflich an den Slogan unserer Detektei erinnern?«, konterte Justus und hielt demonstrativ eine seiner aus rosa Esspapier gebastelten Visitenkarten in die Höhe. *»Wir übernehmen weltweit, rund um die Uhr und völlig gratis jeden Fall!«*

»Keine Sorge – ich kenne unser Motto nur zu gut«, versicherte Peter. »Dank dieser grandiosen Firmenpolitik haben wir es ja regelmäßig mit Hammerfällen wie ›Der ausgebüxte Chihuahua‹ oder ›Der entführte Teebeutel‹ zu tun. Da reiht sich ›Der verschlampte Fußwärmer‹ ja perfekt ein. Und weil wir für unsere Arbeit idiotischerweise niemals Honorar verlangen, können wir bei der ganzen Sache mal wieder schön draufzahlen.«

»Ach, Schnickschnack«, wiegelte Justus ab. »Du wirst schon

sehen, am Ende ist alles super und wir lachen uns kringelig.« Beschwingt schnippte er mit den Fingern. »So, und jetzt sollten wir schleunigst mit den Vorbereitungen beginnen. Zunächst gilt es, sämtliche relevanten Hintergrundinformationen zusammenzutragen. Zu klären ist: Welche Schuhgröße hat Mr Smathers? Wie lauten die offiziellen Vermisstenzahlen US-amerikanischer Fußwärmer? Wer oder was ist ›Siesta Nevada‹? Und, allem voran: Gibt es Polizeistatistiken über die Kriminalitätsrate bei großfüßigen Affenmenschen?«
Irritiert hob Peter die Augenbrauen. »Du glaubst, dass … ein Bergmonster den Fußwärmer von Mr Smathers geklaut hat??«
Der Erste Detektiv machte eine ausholende Handbewegung. »Denk doch mal nach: Diese Viecher haben riesige Quanten und nachts ist es in den Bergen saukalt – da muss man doch nur eins und eins zusammenzählen!«
Peter seufzte leise. »Okay, um an diese statistischen Daten zu kommen, sollten wir uns wohl am besten mit der Polizei von Tahoe City in Verbindung setzen. Ich ruf mal die Auskunft wegen der Nummer an.« Doch gerade als er zum Telefonhörer greifen wollte, knallte ihm Justus blitzschnell mit einem Lineal auf die Fingerspitzen. Erschrocken und verärgert zuckte Peter zurück. »AUA! Was soll denn das??«
»Ich halte dich lediglich von einem disziplinarischen Fehlverhalten gemäß Paragraf 139, Artikel 7B unserer Detektei-Satzung ab«, belehrte ihn Justus in besserwisserischem Tonfall. Dann holte er unter dem Styroportisch eine komplett in winziger Schrift beschriebene Klopapierrolle hervor und wickelte sie zielsicher bis zu einer Länge von circa zwölf Me-

tern ab. Anschließend zückte er eine große Lupe und beugte sich zur entsprechenden Stelle vor. »Ich zitiere: ›Langweilige Schreibtischarbeit, stundenlanges Rumhängen in Bibliotheken sowie die Erhebung öder Begleitinformationen jeglicher Art obliegen allein dem für Lesen, Schreiben und Bruchrechnen zuständigen dritten Detektiv.‹«

Verwirrt deutete Peter auf den leeren dritten Plastikeimer. »Aber Bob ist nicht hier! Der liegt doch im Krankenhaus.«

»Dann wird es höchste Zeit, dass er den Hintern aus dem Bett hievt und seinen detektivischen Pflichten nachkommt«, entgegnete Justus ungerührt.

Genervt rollte Peter mit den Augen. »Also gut, also gut – dann lass ich mir jetzt die Nummer des Memorial Hospital geben und sage Bob, dass er herkommen soll.« Doch noch bevor er wieder zum Telefon greifen konnte, schnellte erneut das Lineal auf seine Finger. »AUA!!!«

»Paragraf 139«, ermahnte ihn Justus.

»Ich hab doch die Telefonnummer vom Krankenhaus nicht im Kopf!«, rief der Zweite Detektiv erbost. »Wie, zum Henker, soll ich denn mit Bob telefonieren, um ihm zu sagen, dass er für uns Telefonnummern recherchieren soll, wenn ich nicht die Telefonnummer heraussuchen darf, unter der ich ihn erreiche?!«

Tadelnd schüttelte Justus den Kopf. »So jung und so wenig Fantasie … Als echter Detektiv bewältigt man schwierige Herausforderungen mit Improvisation.« Statt weiterer Erläuterungen schlenkerte er nun demonstrativ mit seinen Armen und Beinen wie ein enthusiastischer Fußgänger.

Ungläubig riss Peter die Augen auf. »Bei dieser Bullenhitze

soll ich quer durch Rocky Beach zum Krankenhaus latschen?!«
»Du beschwerst dich doch die ganze Zeit über den Gestank hier drin – also sei froh, dass du mal an die frische Luft kommst.«
Der Zweite Detektiv gab ein resigniertes Stöhnen von sich. »Kann ich wenigstens euer Rad nehmen?«
Mit seiner gefürchteten Oberlehrermiene hob Justus den Zeigefinger. »Du weißt doch: Nur in ab-so-lu-ten Notfällen dürfen wir Tante Mathildas Fahrrad benutzen. Glaubst du ernsthaft, das hier ist ein solcher Notfall?«
»Äh …«
»Ich sag dir mal was: Einen akuten Notfall kann man verlässlich daran erkennen, dass jemand laut rumschreit. Und? Hörst du irgendetwas?«
Wie von Sinnen begann Peter nun in ohrenbetäubender Lautstärke zu kreischen, sodass Blacky vor Schreck einen doppelten Salto rückwärts machte und der Erste Detektiv sich an seinem halb gefrorenen Truthahn verschluckte, den er als vierten Nachmittagsimbiss vertilgen wollte.
»*Schnell* – nimm das Rad!!«, stieß Justus hustend hervor.
Grinsend hob Peter den Daumen. »Aye, aye, Chef!«

Die Ankunft des Zweiten Detektivs am Krankenhaus verzögerte sich erheblich, weil er diverse Male falsch abbog und zunächst auf einem Pier in Santa Monica landete. Als er nach knapp drei Stunden schweißgebadet auf das Rocky Beach Memorial Hospital zuradelte, bemerkte er überrascht, dass Bob außerhalb des Krankenhauses auf der Straße stand. Genauer gesagt am Kassenhäuschen eines kleinen Programmkinos, das sich neben der Klinik befand. Schon von Weitem konnte Peter hören, dass eine heftige Diskussion zwischen der Kartenverkäuferin und dem dritten Detektiv im Gange war.

Soeben schüttelte die Dame energisch den Kopf. »Ich wiederhole es noch einmal: ›Der Fluch des silbernen Werwolfs‹ ist für Minderjährige nicht freigegeben!«

Bob seufzte geräuschvoll. »Okay, okay – ich hatte gehofft, dass es nicht so weit kommen muss, aber hier …«, er zückte ein mehrfach gefaltetes Stück Karopapier und überreichte es der Kassiererin, »… mein Juniorausweis!«

Verdutzt entfaltete sie den Zettel und las laut vor: »Der Inhaber dieses Ausweises ist ehrenamtlicher Juniorheld und Chef der Polizeidirektion von Rocky Beach. Die Behörde befürwortet jegliche Unterstützung von dritter, vierter und fünfter Seite. Gezeichnet: Batman.«

Einen Moment lang schwieg die Dame. Dann wanderte ihre rechte Augenbraue einen guten Zentimeter in die Höhe. »Ich will ja keine Spielverderberin sein, aber diesen Wisch hast du doch selbst geschrieben.«

Trotzig wedelte Bob mit seinem Zeigefinger herum. »Sie können Batman ja anrufen, wenn Sie mir nicht glauben!«

Gelassen nickend griff die Kassiererin zum Telefon. »Gut, das mache ich.«

»Oh …« Schlagartig wurde Bob kreidebleich.

»Ein Notfall, Dritter!«, kam ihm nun Peter zu Hilfe. Winkend deutete er auf das Fahrrad. »Ich soll dich schnellstmöglich zur Zentrale bringen!«

Erleichtert grinste Bob die überraschte Dame an. »Tja, es tut mir leid, aber Sie sehen ja: Ich werde dringend bei der Aufklärung eines Kapitalverbrechens gebraucht!« Mit diesen Worten schwang er sich hinter dem Zweiten Detektiv auf den Gepäckträger und reckte seine Faust in die Luft. »Auf zu neuen Heldentaten!«

Nachdem sie einige Meter zurückgelegt hatten, fragte Peter erstaunt: »Warum bist du denn nicht in deinem Krankenbett?«

»Da habe ich es nicht mehr ausgehalten. Mein Zimmernachbar ist irgend so eine Mumie, die rund um die Uhr vor sich hin flüstert – ich bin fast durchgedreht. Außerdem ist das Essen mies und hübsche Krankenschwestern gibt's auch keine. Der reinste Albtraum.« Erwartungsfroh blies sich Bob eine Haarsträhne aus der Stirn. »Euer Notruf kommt also genau zur richtigen Zeit – um was geht's denn? Hat Alfred Hitchcock wieder einen schönen Fall für uns?«

Peter räusperte sich verlegen. »Nicht direkt …«

Auch die Rückfahrt verlief nicht ohne Komplikationen. Als die beiden Jungen schließlich viele Stunden später um halb zehn in der Zentrale eintrafen, empfing sie ein wutschnaubender Erster Detektiv.

»Wo wart ihr denn so lange?? Weil ihr nicht da wart, musste ich vorhin Tante Mathildas berüchtigten Spinateintopf für uns drei ganz allein verdrücken!«

»Beschwer dich bei unserem Super-Pfadfinder«, entgegnete Bob genervt. »Dank Peters unfehlbarer Straßenkenntnisse hat es uns in die abgelegensten Kuhkaffs von ganz Kalifornien verschlagen! Die Krönung war ein Abstecher nach Pismo Beach, wo wir mitten in einen Ufologen-Kongress geplatzt sind. Die wollten uns gleich dabehalten, weil wir wegen eines kleinen Zwischenstopps in einer offenen Klärgrube so aussahen wie zwei abgestürzte Omeganer!«

Peter verdrehte die Augen. »Wir konnten uns doch sofort danach im Meer wieder sauber machen! Und überhaupt: Wenn ›Mister Orientierungssinn‹ alles besser weiß, hättest du mir doch den richtigen Weg zeigen können!«

»Wie denn, wenn die ganze Zeit deine dicke Birne die Sicht blockiert?«, zischte der dritte Detektiv. »Außerdem hätten auch meine Tipps nichts daran geändert, dass du auf unserer Fahrt jeder einzelnen Spinne und jedem beknackten Käfer in meilenweitem Abstand ausweichst!«

»Doch nur bei ganz besonders fiesen und ekligen!«, rechtfertigte sich Peter.

»Fies und eklig?!?« Bobs Nasenflügel bebten. »Wegen eines verschnarchten Grashüpfers, der nicht schnell genug von der Straße gehopst ist, sind wir kurz vor Topanga fast die Steilklippe runtergestürzt!«

Protestierend gestikulierte Peter in der Luft herum. »Das Biest hat mich total pampig angestarrt!«

»Ruhe im Saal!«, brüllte Justus verärgert. »Ich will von diesem Kinderkram nichts mehr hören! Seit drei Uhr nachmittags warte ich mir hier einen Wolf, damit Bob endlich seinen verflixten Job macht – UND DAS WIRD ER JETZT AUCH GEFÄLLIGST TUN, ZUM DONNERWETTER!!«

Sofort schwiegen Peter und Bob untertänigst. Nachdem der dritte Detektiv von Justus über die erwünschten Informationen ins Bild gesetzt worden war, machte er sich umgehend an die Arbeit. Da sein Notizbuch noch immer verschwunden war, notierte Bob die Ergebnisse seiner telefonischen Erkundigungen auf der Unterseite einiger großer Pappeisbecher, die dank des monströsen Appetits von Justus stets dutzendfach in der Zentrale herumflogen. Als er sieben Minuten später seine Recherche beendet hatte, drehte er sich zu seinen Kollegen um und blickte auf den ersten Pappbecher, aus dem ein brauner Schokoeisrest auf seine Hose tropfte.

»Punkt eins: Mr Smathers kennt seine Schuhgröße nicht, weil er seine Stiefel immer aus Birkenrinde und Bärendung selber bastelt.« Stirnrunzelnd nahm Bob den zweiten Eisbecher und fuhr fort: »Punkt zwei: Im gesamten Internet gibt es keine einzige Statistik über Vermisstenzahlen bei amerikanischen Fußwärmern. Punkt drei: Die *Sierra* Nevada ist ein Hochgebirge im Westen der USA.« Er zückte einen weiteren Pappbecher, in dem offensichtlich Erdbeereis gewesen war. »Und Punkt vier: Die Polizei von Tahoe City hat keinerlei Kenntnis von irgendwelchen Strafdelikten krimineller Bergmonster. Aber dafür haben *wir* jetzt eine Anzeige wegen groben Unfugs am Hals.«

Justus nickte unbeeindruckt. »Das Übliche also.« Dann straffte er sich und blickte zum Containerdeckel hinauf. »Da nun alles geklärt ist, sollten wir unverzüglich aufbrechen. Ich habe Onkel Titus vorhin schon gefragt, ob wir uns die alte Plastikwanne ausleihen können, die unter der kaputten Regenrinne steht.«

»Wozu das denn?«, fragte Peter irritiert.

»Na, irgendwie müssen wir ja zu unserem Klienten kommen«, erwiderte der Erste Detektiv. »Und den Pickup braucht Onkel Titus morgen selber, um eine Ladung antiker Schimmelpilze aus Kentucky abzuholen.«

Verdattert legte Bob den Kopf schief. »Schön und gut, aber was hat das Ganze mit der ollen Wanne zu tun?«

»Ganz einfach: Ich hab die Räder eines Einkaufswagens druntergeschraubt, an das Getriebe eines Rasenmähers angeschlossen und das Ganze mit dem ausgebauten Viertaktmotor von Tante Mathildas Küchenmixer verbunden. Dazu noch ein Gokart-Lenkrad, eine festgelötete Taschenlampe für Nachtfahrten, drei reingetackerte Thermositzkissen und ein angehängter Schrankkoffer auf Rollen für Gepäck und Proviant – voilà, fertig ist das Detektivmobil.« Stolz lächelnd lehnte sich Justus zurück und blickte auf den vor drei Jahren abgelaufenen Wandkalender links von ihm. »Mit unserem neuen Flitzer schaffen wir die Fahrt zum Lake Tahoe und wieder zurück locker in acht Tagen. Wenn wir pünktlich zum Ende der Sommerferien wieder hier sein wollen, bleiben uns vor Ort also noch gut zehn Minuten, um den Fall zu lösen. Das dürfte für uns kein Problem sein.«

Entgeistert starrte ihn Peter an. »Wir … sollen allen Ernstes die gesamten Restferien eingequetscht in einer motorisierten Badewanne verbringen, um in der Wildnis der Sierra Nevada einen verschwundenen Fußwärmer zu suchen?!?«

»Das Leben ist kein Ponyhof«, erwiderte Justus achselzuckend.

»Aber am Sonntag feiern meine Eltern ihren zwanzigsten Hochzeitstag!«, wandte Bob aufgebracht ein. »Und auf der großen Familienparty bin ich mit meiner Blockflöte für das

Musikprogramm verantwortlich. Mom und Dad drehen durch, wenn ich da nicht auftauche!«

»Und ich habe meiner Mutter versprochen, am Wochenende das große Sackhüpfturnier im Palisades Park zu gewinnen«, ergänzte Peter. »Der erste Preis ist ein singender Rubin – den will sie unbedingt haben, um in der Nachbarschaft damit anzugeben.«

Justus winkte lässig ab. »Keine Sorge – ich habe euren Eltern bereits mitgeteilt, dass ihr eine gute Woche lang mit mir auf Tour seid und keine Zeit für Familienkram habt.«

»Und?«, fragte Bob mit einem sehr flauen Gefühl in der Magengegend. »Was haben sie dazu gesagt?«

»Ach, nix Besonderes. Dein Taschengeld ist bis Weihnachten gestrichen und Peter bekommt ein Jahr Surfverbot.«

»Na, wunderbar ...«, fauchte der Zweite Detektiv, während Bob nur fassungslos den Kopf schüttelte.

Unwirsch verschränkte Justus die Arme vor der Brust. »Seid doch froh, dass ich das Organisatorische bereits erledigt habe! Das Notfallgepäck mit unseren Tick-Trick-und-Track-Pyjamas ist auch schon verstaut. Und ich habe sogar alle Chipskrümel aus unserem Gemeinschaftsschlafsack geschüttelt. Wenn ihr also mit Schmollen fertig seid, könnten wir endlich starten!«

Doch ganz so schnell wollte sich Bob mit seinem Schicksal nicht abfinden. »Ich weiß ja, dass dir Demokratie heftig auf den Senkel geht, aber bei so einer wichtigen Sache würde ich doch gerne abstimmen.«

Peter nickte eifrig. »Ich schließe mich dem Antrag an.«

Der Erste Detektiv verdrehte die Augen. »Ihr seid zwei riesi-

ge Nervensägen!« Grollend streckte er die Beine aus. »Also gut, wenn's euch glücklich macht, dann stimmen wir eben ab. Aber die Vorschrift verlangt, dass zuvor die Beschlussfähigkeit festgestellt wird. Bekanntlich müssen wir zu dritt sein. Also – alle Mann durchzählen! Eins!«
»Zwei!«
»Drei!«
»Vier!«
»Fünf!«
»Sechs!«
»Sieben!«
»Acht!«
Plötzlich stutzte Bob. »Äh, Moment mal, Kollegen. Damit hat's doch schon beim letzten Mal Probleme gegeben, erinnert ihr euch? Zum Schluss waren wir 412 Teilnehmer und mussten die Sitzung wegen Überfüllung abbrechen.«
»Stimmt, das war unschön«, entgegnete Justus. »Am besten wird's sein, jeder zählt im Stillen für sich selbst durch und zum Schluss vergleichen wir die Ergebnisse.«
Eine Viertelstunde später blickte der Erste Detektiv seine Kollegen auffordernd an. »Nun? Zu welchem Resultat seid ihr gekommen?«
»29«, verkündete Bob, »aber ich glaube, ich habe dich nicht mitgerechnet.«
»Und ich war bei zwei, als du mich unterbrochen hast«, fügte Peter verunsichert an. »Welche Zahl war's denn bei dir?«
Der Erste Detektiv zuckte mit den Achseln. »Ich habe mich auf *euch* verlassen und in der Zwischenzeit einen Burrito im Pizzamantel gegessen.« Ungeduldig klatschte er in die Hän-

de. »Mangels eindeutigen Ergebnisses kann also keine Beschlussfähigkeit festgestellt werden. Deshalb verweise ich die Nachzählung an das Bezirksgericht von Tallahassee und wir reisen jetzt wie geplant ab!«

Peter stieß einen gequälten Seufzer aus. »Jedes Mal dasselbe …« Dann deutete er zum Vogelkäfig hinüber. »Und was ist in der Zwischenzeit mit Blacky?«

»Was soll mit dem sein?«, fragte der Erste Detektiv verdutzt. »Wir stellen ihn samt Käfig auf die Veranda zu den Topfpflanzen und Tante Mathilda begießt ihn ab und zu – damit hat sich's.«

»SO, JETZT REICHT'S!!«, gellte es plötzlich durch die Zentrale.

Wie in Zeitlupe und mit offen stehenden Mündern drehten sich die drei Detektive zu dem Vogelkäfig um.

»B-Blacky?«, hauchte Bob ungläubig.

»Jaaa, B-Blacky!«, erwiderte der Mynah heftig nickend. »Und Blacky hat jetzt endgültig die Schnauze voll!!«

Irritiert runzelte Justus die Stirn. »Wieso denn?«

»WIESO?!?«, krächzte Blacky zornentbrannt. »Guck dir das hier doch mal an!« Mit hektischen Flügelbewegungen deutete er auf seine karge Behausung. »Dieser Vogelknast ist das Allerletzte – von meiner Behandlung ganz zu schweigen! Und deshalb verlange ich hiermit eine umgehende Verbesserung in allen Belangen!«

»Aber … so einfach geht das nicht«, warf der Zweite Detektiv verunsichert ein. Er befürchtete, dass Blacky nun in der Zentralen-Hierarchie nach oben wandern und am Ende Peters ohnehin stets wackelige Position einnehmen könnte.

Fahrig angelte er unter dem Styroportisch nach der Klopapierrolle und wickelte sie zur gesuchten Stelle ab. Triumphierend wies er anschließend auf den Mynah. »Hier steht's schwarz auf weiß: Du bist *kein* eingetragenes Mitglied unseres Vereins. Du bist hier nur als Gast geduldet!«
»Irrtum!« Mit siegessicherem Grinsen zog Blacky nun unter einem Haufen Vogelstreu diverse Papierbögen hervor. »Es hat eine halbe Ewigkeit gedauert, bis die notariellen Beglaubigungen endlich unter Dach und Fach waren. Aber heute Nachmittag, als der neunmalkluge Speckballon draußen an seinem fahrbaren Schweinetrog gearbeitet hat, ist die Post endlich eingetroffen. Bitte sehr!« Lässig hielt er Justus den Stapel hin.
Perplex und von Sekunde zu Sekunde blasser werdend, überflog der Erste Detektiv leise murmelnd die gereichten Papiere. »Sozialversicherungskarte, Dienstausweis, Grundbucheintrag, Inhaberwertpapiere …«
»Just? Warum zittert denn plötzlich deine Unterlippe?«, fragte Peter ängstlich.
»Kollegen …« Betroffen ließ Justus die Dokumente sinken. »Dieser Vogel ist Seniorpräsident und generalbevollmächtigter Personalchef unserer Detektei sowie Inhaber der Aktienmehrheit am ›Gebrauchtmüllcenter Titus Jonas‹. Ihm gehört … einfach *alles*!«
»Sooo ist es«, bestätigte Blacky froh gelaunt. Dann patschte er sich an die gefiederte Stirn. »Ach ja – das hätte ich fast vergessen!« Eilig wühlte er nochmals in dem Vogelstreuhaufen herum, zog eine rote Mappe hervor und übergab sie Justus, der sie zögernd aufklappte.

Schockiert riss der Erste Detektiv die Augen auf. »Drei Kündigungsschreiben?!«
Blacky nickte bedächtig. »Sowie der Entzug der Aufenthaltsgenehmigung für den Staat Kalifornien. Ihr habt bis morgen früh Zeit, das Land zu verlassen.«
»Aber das kannst du doch nicht machen!«, rief Bob verzweifelt. »Was wird denn dann aus all meinen Freundinnen?«
Entsetzt fiel Peter auf die Knie. »Bitte, bitte, verstoß uns nicht! Wir waren doch immer beste Kumpels!«
Auch der sonst stets hochnäsige Justus spürte, dass er sich dringend bei Blacky einschleimen musste. »Glaub mir – ab heute werden wir uns immer aufopferungsvoll um dich kümmern und dich umsorgen wie einen Perlenvogel!«
Eine Weile lang ließ der Mynah die drei Jungen noch zappeln. Dann hob er schließlich beschwichtigend den Flügel. »Na gut, ich will noch mal Gnade vor Recht ergehen lassen.« Auffordernd deutete er auf seine leere Futterschale. »Und nun bringe man mir mein Abendessen.«
Hektisch stieß Justus den dritten Detektiv an. »Na los, Bob – hol eine Handvoll Körnermatsch, aber dalli!«
»Nicht doch, nicht doch.« Milde lächelnd schüttelte Blacky den Kopf. »Mir steht der Sinn nach einem ordentlichen Cheeseburger mit doppelt Käse, Röstzwiebeln und Grillspeck. Als Beilage frittierte Kartoffelecken mit Chilisoße und zum Runterspülen ein schönes, kühles Bier.«
Verdattert starrte Peter ihn an. »Seit wann essen Mynahs denn Fleisch??«
»Ihr habt mich ja nie gefragt!«, polterte Blacky. »Und jetzt hurtig, bevor ich's mir doch noch anders überlege!«

Zwei Stunden und vier Hauptgänge später war der hungrige Vogel endlich beim Dessert angelangt – es gab Mousse au Chocolat mit Mandelsplittern und Orangenlikör. Während Justus für die Zubereitung der Speisen zuständig war, hatten Peter und Bob auf Blackys Geheiß hin damit begonnen, die gesamte Zentrale von innen und außen in Mynah-Schwarz anzustreichen – einschließlich sämtlicher Fallprotokolle, Mobiliar und Fernsehbildschirm. Kurz nach Mitternacht war das Werk schließlich vollendet. Abgekämpft und verschmiert traten die Jungen zu einem letzten Appell an.

»Wenn es Eurer Lordschaft recht ist, würden wir nun zu einem wichtigen Außeneinsatz aufbrechen«, erklärte Justus höflich. »Die Zentrale sowie sämtliche Nahrungs- und Getränkevorräte stehen in der Zwischenzeit voll und ganz zu Eurer Verfügung.«

»Natürlich tun sie das – gehört ja schließlich alles mir«, erwiderte Blacky gelangweilt und rülpste herzhaft. »Die korrekte neue Bezeichnung für diese Stätte lautet allerdings ›Das schwarze Nest‹.«

Peter nickte unterwürfig. »Selbstverständlich, Hoheit.«

»Davon abgesehen passt es mir ganz gut, dass ich euch Knallköppe mal eine Weile nicht sehen muss«, fuhr der Mynah fort. »Aber vergesst beim Aussteigen nicht, die Containerklappe offen zu lassen – ich will morgen ins Kino und ›Die Vögel‹ anschauen.«

»Sehr wohl, Euer Exzellenz«, bekundete Bob mit tiefer Verbeugung.

Zögernd hob der Erste Detektiv die Hand. »Äh … dürfte ich hier kurz einwenden, dass eine geheime Zentrale, deren De-

ckenluke weithin sichtbar geöffnet ist, ihre Funktion gänzlich ad absurdum führt?«
»Schwarzes Ne-heeest!«, korrigierte Blacky energisch. »Und mehr will ich zu diesem Thema nicht hören – war das so weit verständlich?«
Augenblicklich nahm Justus stramme Haltung an, schlug die Hacken zusammen und salutierte. »Sir, ja, Sir!«
Draußen auf dem Schrottplatz wischte sich Bob erschöpft über die glühende Stirn. »Mannomann, das kann mit unserem neuen Boss ja heiter werden …«
»Und dann dieser Tick mit der Farbe«, ergänzte Peter gereizt. »Fehlt nur noch, dass wir auch die gesamte Müllhalde schwarz anmalen müssen.«
»Schwarz …«, murmelte Justus gedankenverloren. »Natürlich …« Mit abwesendem Gesichtsausdruck ging er einige Schritte abseits und kaute angestrengt auf einem Hotdog mit Schlagsahne herum. »Aber ja, jetzt ergibt alles einen Sinn …« Plötzlich riss er die Augen auf und sprang jubelnd in die Höhe. »Kollegen! Ich habe unseren Fall gelöst!!«
Skeptisch runzelte Peter die Stirn. »Das kann eigentlich nicht sein.«
Doch Justus hörte überhaupt nicht hin. Aufgeregt deutete er zum Wohnhaus. »Ich muss sofort Tante Mathilda und Onkel Titus wecken! Anschließend bestelle ich Alfred Hitchcock, Albert Hitfield, Nussknacker-Olsen, Inspektor Cotta und den Bürgermeister hierher. Um das restliche Publikum in und um Rocky Beach kümmert ihr euch!«
Entgeistert wies Bob auf seine Armbanduhr. »Du willst mitten in der Nacht die halbe Welt zusammentrommeln, um

den Leuten deine Lösungstheorie im Fall ›Die drei ??? und der verschwundene Fußwärmer‹ vorzutragen?!?«
Euphorisch riss Justus die Arme in die Höhe. »So ist es!«

Eine Dreiviertelstunde später umringte eine verschlafene, verwirrte und sehr schlecht gelaunte Menschenmenge, einschließlich Peter und Bob, den strahlenden Ersten Detektiv. Dieser stand breitbeinig, angeleuchtet von den Taschenlampen seiner beiden Kollegen, auf einem eilig zusammengebastelten Lego-Podest in der Mitte des Schrottplatzes und blickte genüsslich reihum, bevor er zu seiner großen Schlussrede ansetzte.
»Ladies and Gentlemen, liebe Freunde, Verwandte und völlig Fremde! Es war von Anfang an ein klarer Fall! Schnell hatte sich der Drache verraten: Peter *konnte* es nicht sein – sein Steckenpferd ist die Kernphysik.« Blitzschnell deutete er auf den dritten Detektiv. »Bob also, sagen Sie? Ich war auch der Ansicht! Aber eine Salbe macht noch keinen Sommer. Da lag der Löwe im Pfeffer! Wozu noch Papageien nach Athen tragen? Nun kannte ich den Mörder! … Aber es war Notwehr! Zurück zum Höhlenmenschen. Logisch, dass er nun ganz oben auf meiner Liste stand! Doch wie sollte man diesen windigen Winkeladvokaten überführen?« Geschwind drückte Justus nun die Play-Taste eines neben ihm stehenden Kassettenrekorders, woraufhin eine donnernde Heldenmelodie ertönte. Über den orchestralen Klangteppich hinweg rief er feierlich: »Tjaaa, *das* mögen die Gerichte entscheiden! Ich habe meine Schuldigkeit getan und Ihnen den Verbrecher auf dem Silbertablett serviert. Der Vorhang fällt, der

Fall ist abgeschlossen! Nun haben Sie alle Trümpfe in der Hand, Inspektor Cotta!«

Einige Augenblicke lang passierte überhaupt nichts. Dann trat Cotta sehr langsam und mit versteinertem Gesicht an das Podest heran, schaltete den Rekorder aus und starrte den Ersten Detektiv durchdringend an.

»Ich … habe immer viel Geduld mit dir gehabt, Justus.«

»Das stimmt wirklich«, flüsterte Peter kaum hörbar.

»Aber irgendwann ist einfach Schluss«, fuhr der Inspektor fort und zog seine Handschellen vom Dienstgürtel ab. »Umdrehen und Hände auf den Rücken.«

»Hä?« Justus traute seinen Ohren nicht. »Haben Sie denn nicht zugehört? Ein rasender Höhlenmensch hat dieses abscheuliche Schwerverbrechen verübt! Die Beweiskette ist vollkommen lückenlos! Sie sollten also schnellstmöglich FBI, CIA und die Navy Seals alarmieren, damit dieser gewissenlose Unterweltboss endlich –«

In diesem Moment klingelte, für alle deutlich hörbar, in der offenen Zentrale das Telefon.

»Ich geh schon ran!«, rief Bob und flitzte los. Wenige Sekunden später war er wieder zurück. »Äh, das ist jetzt ein bisschen doof, aber das war Mr Smathers. Er bittet vielmals um Entschuldigung für die nächtliche Störung, doch er wollte unbedingt Bescheid sagen, dass der Fußwärmer wieder aufgetaucht sei. Das Ding war überhaupt nicht verschwunden, sondern die ganze Zeit auf seinem Kopf, weil er dachte, es sei seine Pelzmütze.«

Augenblicklich schwand sämtliche Farbe aus Justus' Gesicht und sein linkes Augenlid begann heftig zu zucken. »Das …

muss ein Irrtum sein.« Hektisch wedelte er in der Luft herum. »Ja, jetzt weiß ich's! Das war gar nicht Mr Smathers, sondern Monsieur Hugenay! Ganz klar, der will sich mit dieser hinterhältigen Scharade klammheimlich den Fußwärmer unter den Nagel reißen – genauso wie damals beim Karpatenhund! Oder halt, nein! Vielleicht hat sich auch das blaue Phantom mit dem grünen Geist und dem roten Piraten zusammengetan und –«
»Mund halten und mitkommen!«, schnitt ihm Cotta energisch das Wort ab.
Und als der Erste Detektiv nun heftig zappelnd unter dem tosenden Applaus aller Beteiligten vom Inspektor abgeführt wurde, war aus Richtung des schwarzen Nests ein amüsiert lachender Schatten zu hören.

ENDE

Skinny Norris grinste schadenfroh, während er sein Manuskript zusammenfaltete, mit dem er bei einem Kurzgeschichtenwettbewerb der *Rocky Beach Today* teilnehmen wollte, um seinen drei Erzfeinden mal so richtig eins auszuwischen. Einen wichtigen Punkt hatte er in seiner überbordenden Schreibwut jedoch übersehen: Der Einsendeschluss war schon längst verstrichen …

Erlebe spannende Abenteuer!

Die drei ???®

- ☐ und der Geisterzug
- ☐ Fußballfieber
- ☐ Geister-Canyon
- ☐ Schwarze Madonna
- ☐ Fels der Dämonen
- ☐ Im Netz des Drachen
- ☐ Im Zeichen der Schlangen
- ☐ und der schreiende Nebel
- ☐ und die schwarze Katze
- ☐ Im Schatten des Giganten
- ☐ Fußball-Teufel
- ☐ und das blaue Biest
- ☐ und die brennende Stadt
- ☐ GPS-Gangster
- ☐ Straße des Grauens
- ☐ und das Phantom aus dem Meer
- ☐ Tuch der Toten
- ☐ Eisenmann
- ☐ Dämon der Rache
- ☐ Sinfonie der Angst
- ☐ und der gestohlene Sieg
- ☐ Die Rache des Untoten
- ☐ Der Geist des Goldgräbers
- ☐ Der gefiederte Schrecken
- ☐ und der Zeitgeist 6 Kurzgeschichten
- ☐ und die flüsternden Puppen
- ☐ Das Kabinett des Zauberers
- ☐ Im Haus des Henkers
- ☐ Schattenwelt Trilogie
- ☐ und der letzte Song
- ☐ und der Hexengarten
- ☐ silbernes Amulett
- ☐ und der Mann ohne Augen
- ☐ Insel des Vergessens
- ☐ Signale aus dem Jenseits
- ☐ und der unsichtbare Passagier
- ☐ und die Kammer der Rätsel

je €/D 8,99

kosmos.de/die_drei_fragezeichen